Jesús und Muhammed

Tim Staffel

Jesús und Muhammed

Eine Liebesgeschichte

: TRANSIT

Gefördert durch kunst:raum sylt quelle

Gneisenaustraße 2 | 10961 Berlin
Umschlaggestaltung, unter
Verwendung eines Fotos von
Barbara Kunze, und Layout:
Gudrun Fröba, Berlin
Druck und Bindung: Pustet, Regensburg
ISBN 978-3-88747-229-0

Inhalt

Januar

Manchmal, wenn der Radiowecker anfängt zu spielen, es draußen noch dunkel und Muhammed noch ganz verschlafen ist, bildet er sich ein, der Wind trage Orhans Morgenbegrüßung bis an die Fenster seiner Wohnung. Obwohl es mindestens sechs Kilometer Luftlinie sind, die seinen Wohnsilo in Westerland und Hildas Vogelparadies voneinander trennen. Ohne Hilda zu wecken, steht Orhan noch vor der Dämmerung auf, schlüpft in seine Pantoffeln und steigt die Wendeltreppe hoch ins dritte Stockwerk des Turms. Früher sind von diesem Turm aus Flugzeugpiloten zur Wasserlandung gelotst worden. Heute ist das künstlich angelegte Becken am Wattenmeer dank Hildas Hartnäckigkeit ein Vogelschutzgebiet. Den Turm haben sie dann nach Orhans Entwürfen mit Hilfe von Freunden in ihr Zuhause verwandelt. Orhan zieht sich eine Daunenjacke über das Nachthemd, tritt auf den Balkon, der das dritte Geschoss umringt. Ein mäßiger Wind schlägt ihm kalt entgegen. Am östlichen Horizont schimmert milchiges Gelb auf. Orhan singt ein altes türkisches Lied.

Orhans Eltern hat es aus der Türkei aufs norddeutsche Festland, an die Küste, nach Husum verschlagen. Haben dort ihr Leben lang ohne Beachtung gebuckelt, die Mutter als Reinigungskraft, der Vater mit Orhans älteren Brüdern am Hafen bei den Containern. Fracht stauen, Fracht löschen. Doch Orhan wollte mehr. Er war in Deutschland geboren, hatte einen deutschen Pass, das musste zu etwas gut sein. Türkei war die 3-Zimmer-Wohnung, in der sie zu fünft lebten. Das Land der Eltern hing als Foto an der Wand, lag als Teppich auf dem Boden, summte im Singsang der Gebete durch die Räume. Aber sobald die Tür aufging, streifte Orhan diesen Mantel ab, auch wenn man draußen in ihm nur das sah, was er für seine Eltern war. Aber Orhan kam zurecht in den parallelen Welten. Er fand eine Lehrstelle, machte eine kaufmännische Ausbildung bei einem Immobilienmakler auf Sylt – der Insel, die durch einen Damm mit dem Festland verbunden ist und von der Orhan sich nie mehr getrennt hat. Als sein Chef und Mentor nach einem Herzinfarkt verstarb, war Orhan der Einzige, der mangels Verwandtschaft im Testament auftauchte. Die Sylter heulten auf, verstummten wieder, und Orhan machte etwas aus seinem Glück. Dann lernte er Hilda kennen; das Wort Ornithologin hatte er nie zuvor gehört. Er makelte mit Häusern und Grundstücken, fürchtete, dass sich eine Naturschützerin und Vogelexpertin auf so einen wie ihn nie einlassen würde. Einen Monat später waren sie verheiratet. Seitdem begrüßt Orhan oben auf dem Turm jeden einzelnen Morgen.

Muhammed quält sich aus dem Bett; er ist spät dran. Zieht sich seinen blauen, gefütterten Overall an, darüber die Daunenweste und rennt die Treppe sechs Stockwerke hinunter, um seinen Kreislauf in Schwung zu bringen. Der Himmel hängt tief und grau. Muhammed rollt seine orangefarbene Vespa vom Hinterhof auf die Straße, braucht vier Versuche, bis der Motor anspringt. Sein älterer Bruder Tufan hat ihm den Motorroller geschenkt. Damit Muhammed ihn häufiger besucht, obwohl sie höchstens zwanzig Minuten Fußweg voneinander entfernt wohnen. Bis heute hat Tufan nicht akzeptiert, dass Muhammed ausgezogen ist. Seit ihre Eltern in die anatolische Heimat nach Konya zurückgekehrt sind, fühlt Tufan sich als Familienoberhaupt und somit weit mehr verantwortlich für seinen kleinen Bruder als ohnehin schon. Glaubt also, jeden seiner Schritte überwachen zu müssen. Aber Muhammed, gerade zwanzig geworden, hat ein eigenes Leben, arbeitet beim Ordnungsamt, macht das Abitur nach und träumt davon, Landschaftsarchitekt zu werden. Er braucht keinen zweiten Vater.

Der Fahrtwind schneidet Muhammed ins Gesicht. Er ist unterwegs zu einem Strandabschnitt zwischen Westerland und Rantum. Der Holzsteg, der zu einer Strandsauna führt, muss ausgebessert werden. Hinter einem Kiefernwäldchen biegt Muhammed auf einen Schotterweg ein, der zwischen langgestreckten Dünen entlangführt. Vor ihm taucht in einiger Entfernung eine einsame Gestalt auf. Sitzt auf einer Holzbank, eine Plastiktüte über den Kopf gestülpt. Muhammed drosselt das Tempo, hält schließlich an, stellt den Motor aus und nimmt den Helm ab,

– Störe ich?

Die schmale, gesichtslose Person reagiert nicht. Muhammed setzt sich neben sie.

– Hau ab,

kommt es unter der Tüte hervor. Die Stimme klingt weich und dünn. Nicht älter als ich, denkt Muhammed und blickt ratlos auf den schmächtigen Körper neben ihm, der in einer weiten, abgewetzten, dunkelbraunen Cordhose und einer fellgefütterten Jacke steckt und zittert.

– Wie ist es so unter einer Tüte?

– Man braucht mehr Geduld, als ich dachte.

Muhammed muss grinsen; seinen Humor scheint der Selbstmordkandidat noch nicht verloren zu haben, und Luft bekommt er auch noch genug.

– Warum gehst du nicht und lässt mich in Ruhe.

– Mache Frühstückspause.

Muhammed fühlt sich nicht wohl bei dem Gedanken, den Jungen allein zu lassen, hat aber keine Ahnung, was er tun soll. Er ist noch keinem mit einer Plastiktüte über dem Kopf begegnet, und eben der wird allmählich nervös, hat anscheinend keine Zuschauer eingeplant,

– Guck mich nicht an.

– Ich guck dich nicht an.

– Du guckst mich an.

– Nein. Du bist einfach da, wo ich gerade hingucke.

– Ich war aber zuerst hier,

enttäuscht zieht er sich die Tüte vom Kopf. Muhammed sieht in ein blasses Jungsgesicht, in blaugraue Augen, die ihm ausweichen. Muhammeds Augen leuchten dunkelbraun; er streift sich die schwarzen Locken aus dem Gesicht, weiß nicht, was er sagen kann. Denkt an Rupert, seinen Vorgesetzten, der bestimmt schon auf ihn wartet. Der Junge zieht ein Päckchen Tabak aus einer Jackentasche. Seine Hände stecken in zerschlissenen, fingerlosen Wollhandschuhen. Er bemüht sich eine Zigarette zu drehen, fragt:

– Hat Schicksal irgendeine Bedeutung für dich?
– Keine Ahnung. Ich glaube lieber an Zufall. Und vielleicht war das hier ja einer.
Der Junge verzieht das Gesicht; seine steifgefrorenen Finger bekommen den Tabak nicht in das Papier eingerollt.
– Wie heißt du?
– Muhammed.
Der Junge lächelt.
– Ich heiße Jesús.
Sie müssen beide grinsen.
– Mein Vater war Spanier. Da ist Jesús ein ganz normaler Name.
Jesús gibt den Versuch mit der Zigarette auf.
– Du siehst nicht aus wie ein Spanier.
– Vielleicht war er auch Kubaner.
Jesús vergräbt die Hände in den Jackentaschen.
– Kubanisch siehst du auch nicht aus.
– Wahrscheinlich war er Schweizer. Dauert deine Pause noch lange?
Muhammed bietet Jesús an, ihn mitzunehmen. Jesús zieht sich statt der Plastiktüte die Kapuze seines roten Sweat-Shirts über den Kopf,
– Ich bleibe lieber hier.
– Mir wär's lieber, du kommst mit.
– Ehrlich?
– Ja.
Jesús scheint überrascht. Er reicht Muhammed die Plastiktüte.
– Weißt du, dass du wie ein Indianer aussiehst, Muhammed?
– Ist das ein Versprechen, wenn du mir die Tüte gibst?

– Großes Indianerehrenwort.
Sie wissen beide nicht, wie sich verabschieden.
– Hat mich gefreut, Jesús.
– Na klar.
Muhammed setzt seinen Helm auf. Die Vespa springt beim ersten Startversuch an. Bei der Strandsauna findet Muhammed eine an die Tür gepinnte Nachricht von Rupert. Er macht Besorgungen. Um zwei Uhr soll Muhammed ihn auf der Uferpromenade in Westerland treffen. Die Sonne bricht durch. Muhammed dreht ihr einen Strandkorb entgegen, legt die Füße hoch, schließt die Augen und sieht das eingefrorene Bild eines blassen Jungen unter einer Plastiktüte.

Gegen Mittag macht Muhammed sich auf den Weg ins Merhaba, eine kleine Gaststätte mit nur acht Tischen. Bänke entlang der Seitenwände, ein Tresen parallel zur Rückwand. Jeweils ein Tisch steht rechts und links vom Eingang vor den großen Fenstern. Im Gegensatz zu Orhans Familie sind Muhammeds und Tufans Eltern nicht in Husum, sondern auf der Insel gelandet. Haben dort ein Gastarbeiterleben vom Merhaba geträumt, sich die Rücken wund gescheuert, um sich das Geld für ein grobverputztes Flachdachgebäude in der Nähe der Fußgängerzone Westerlands von den Banken leihen zu können. Eingepfercht zwischen riesige Appartementquader, wirkt das Häuschen wie eine baufällige Garage. Über dem Portal leuchtet in der Nacht ein schöner Halbmond. Im Sommer stehen Tische und Stühle unter bunten Lampions auf dem kleinen Vorplatz. Als endlich alles so war, wie sich Muhammeds und Tufans Eltern es sich immer vorgestellt hatten, sie mit den Söhnen in die kleine Wohnung im oberen Stockwerk eingezogen waren, verließen sie Kraft und Mut. Die Mutter wollte in die Heimat, legte sich ins Bett, weigerte sich aufzustehen und verstummte. Dem Vater, ein wütender Patriarch, liefen Tag und Nacht die Tränen; er wusste nicht warum. Dann gab er auf, überschrieb Tufan und dessen Frau Tanja das Lokal, bestieg in Hamburg mit seiner Frau ein Flugzeug und kam nie mehr zurück.

Muhammed setzt sich an einen Tisch nahe der Küche. Tufan stellt ihm einen Teller Tagliatelle in Lachs-Sahne-Sauce hin, setzt sich zu ihm. Er ist kleiner, kräftiger als Muhammed. Die Haut rau und ockerfarben, im Gegensatz zur rötlichbraunen, weichen Haut des kleinen Bruders. Der ist drahtig, hat hohe Wangenknochen, ein spitzes Kinn mit Grübchen. Beide haben große, knollige Nasen, aber ihre Verwandtschaft erkennt man an den tiefbraunen Augen, auch wenn Tufans wie die eines Gejagten wirken und Muhammeds einen offen anstrahlen.

– Was machst du,

will Tufan wissen.

– Nichts Besonderes.

Muhammed dreht die Nudeln auf die Gabel. Außer ihm sind keine Gäste im Merhaba. Tanja kommt aus der Küche. Sie ist achtunddreißig, zehn Jahre älter als Tufan, aber ihre grünen Augen blitzen so neugierig und wach wie Kinderaugen. Tanja ist zierlich, ihre Bewegungen sind fließend, ökonomisch. Sie trägt ein dunkelgraues, knielanges Wollkleid mit schwarzen Strumpfhosen darunter. Nimmt aus dem Kühlschrank unter dem Tresen zwei kleine Colaflaschen heraus und bringt sie an den Tisch, begrüßt Muhammed, berührt flüchtig mit einer Hand seinen Rücken.

– Geht's dir gut, Mo?

– Glaub schon.

Tanja lächelt ihn an, geht hinter den Tresen und beginnt Gläser zu spülen. Als Muhammed fünfzehn war, hat Tufan ihm die Nase gebrochen. Zeliha, ihrer Mutter, ging es nicht gut, sie hatte sich den Knöchel verstaucht. Lag im Schlafzimmer auf dem Bett und schlief, hielt Muhammed im Arm. Tufan lugt durch den Türspalt, sieht Muhammed mit Zeliha. Wie sie friedlich schlummern. Tufan treibt es Tränen in die Augen. Auch er möchte beschützt werden, also zwängt er sich dazu. Muhammed freut sich, seinen Bruder zu sehen. Zeliha wacht auf, fragt Tufan, ob er etwas essen möchte. So schlimm schmerzt der Knöchel nicht, dass sie sich nicht ums Essen für die Söhne kümmern kann. Die Brüder bleiben auf dem Bett zurück. Muhammed legt eine DVD in das Abspielgerät und schaltet den Fernseher an. Tufan fragt,
– Gehen wie nachher für Mama einkaufen?
– Klar. Machen wir.
– Bestimmt, Muhammed?
– Natürlich, ja.
Tufan geht zu seiner Mutter in die Küche; sie hat das Essen für ihn zubereitet. Zeliha sieht ihn die ganze Zeit an, während er isst.
– Wir gehen gleich für dich einkaufen, Mama. Was brauchst du?
Zeliha möchte mitkommen, mit den Söhnen zusammensein. Dann schmerzt der Knöchel nicht so schlimm.
– Warum schreibst du nicht einfach einen Zettel, Mama?
Zeliha lächelt, spült den Teller, das Besteck. Tufan guckt im Schlafzimmer nach Muhammed.
– Wir wollen jetzt los, Muhammed.
Muhammed reagiert nicht.
– He, Muhammed, was ist los mit dir. Wir wollen los.

– Ich möchte den Film zu Ende gucken.
– Du kannst den Film nachher zu Ende gucken. Wir wollen jetzt mit Mama einkaufen gehen.
Zeliha zupft an Tufans Ärmel.
– Lass ihn doch, Tufan. Wenn er keine Lust hat.
– Was ist los mit dem Idiot. Vor einer halben Stunde sagt er, kein Problem.
– Du sollst nicht fluchen.
– Bin ich sein Bruder, oder was. Was ist los mit dem Idiot.
Zeliha möchte es gut sein lassen, möchte aufbrechen, steht schon mit ihren Taschen an der Tür. Aber Tufan kann es nicht gut sein lassen.
– Ich habe dich gefragt, gehen wir mit Mama einkaufen, du sagst, klar, Mann. Sie kann nicht tragen, also gehen wir mit und tragen die Sachen, weil wir was zusammen machen wollen.
Muhammed lächelt Tufan an, rührt sich nicht. Tufan springt aufs Bett, rollt mit Muhammed verschlungen auf den Boden, zerrt ihn hoch. Heute weiß Muhammed, er hätte einfach gleich den Fernseher ausstellen und mitgehen sollen.
– Was soll das. Tufan, Muhammed, bitte. Hört auf. Bitte.
Noch bleibt Zeliha ruhig, aber Tufans Fäuste fliegen seinen wilden Augen voraus. Muhammed begreift zu spät, versucht zu fliehen, doch über die Küche, in der Zeliha sich gegen die Wand drückt, kommt er nicht hinaus. Tufan wirft den Tisch um, greift sich Muhammed, schlägt ohne Erbarmen zu. Die Gerade bricht Muhammed die Nase. Sie verkeilen sich, treiben durch die Küche. Zeliha hört Flüche, ruft, schreit. Die Söhne beachten sie nicht. Bemerken gar nicht, dass sie neben, vor ihnen steht. So außer sich hat die Mutter Tufan nie erlebt. Sie schafft es zum Telefon, erreicht Mahmut, ihren

Mann, bittet ihn zu kommen, zu helfen, so schnell er kann. Weil sie weint, kann Mahmut sie kaum verstehen. Muhammed versucht sich zu wehren, sich zu schützen, aber er geht zu Boden. Tufan fasst den Kühlschrank, der ihn überragt, an den Kanten. Kippt den Kühlschrank auf seinen sich am Boden krümmenden kleinen Bruder. Zeliha hört nur noch schweren Atem. Schluchzend erkennt sie in Tufans Augen seine Verzweiflung, seine Wut und seine Trauer. Muhammed kämpft sich blutverschmiert unter dem Kühlschrank hervor. Endlich steht Mahmut in der Tür.
– Was ist passiert, Tufan?
– Er hat mich provoziert. Du weißt, wie er manchmal ist, Baba. Er weiß genau, dass ich ausraste. Er hat es echt zu weit getrieben. Ehrlich, Baba.
– Was soll das, Muhammed? Warum machst du das?
Muhammed hält sich die triefende, verrückte Nase.
– Wir fahren ins Krankenhaus,
bestimmt Mahmut,
– Hör auf zu weinen, Zeliha. Es ist vorbei.
Mahmut fuhr mit seinen beiden Söhnen zum Krankenhaus, um Muhammed verarzten zu lassen. Im Warteraum sagte stundenlang keiner ein Wort. Im Behandlungszimmer passten sie Muhammed einen Nasenverband an. Zeliha wusste nicht, wo anfangen. Die Küche war ein Trümmerfeld; ihr Knöchel schmerzte.

Muhammed beugt sich tief über den Teller mit Nudeln. Am liebsten würde Tufan seinen Bruder nie, nicht eine Minute aus den Augen lassen. Aus Angst, ihm könnte etwas passieren. Tufan würde es nie zugeben. Er fragt,
– Was machst du heute Abend, Muhammed?

– Weiß noch nicht.
Für Tufan und Tanja ist das Merhaba mehr als nur Gaststätte und Existenzgrundlage. Es ist ihr Wohnzimmer. Hierher kommen ihre Freunde, die ihnen Familie sind, hier fühlen sich alle wohl. Für Tufan gibt es keinen Grund, seine Zeit woanders zu verbringen. Hier ist er sicher. Wenn es nach ihm ginge, soll Muhammed das genauso sehen.
– Was soll das heißen, weiß noch nicht. Was willst du sonst machen. Hängst du mit Erol rum?
– Ist ja gut.
Für Muhammed macht es keinen Sinn, zu widersprechen. Tufan nimmt sich mit den Fingern ein Stück Lachsfleisch vom Teller.
– Iss, Muhammed. Es wird sonst kalt.

Als Muhammed sich auf den Weg zu Rupert macht, blendet ihn ein gleißend blauer Himmel. Auf der Uferpromenade in Westerland, die man nur gegen Bezahlung betreten oder verlassen darf, müssen sie die Abfalleimer entlang der Brüstung leeren. Rupert, Anfang dreißig, arbeitet so lang er wieder denken kann fürs Ordnungsamt. Weil einer es ja machen muss, sagt er. Sein Gesicht ist mit Sommersprossen übersät, um die Augenwinkel bilden sich dunkle Lachfältchen; es scheint, als würde er sich erschrecken, wenn er lacht. Rupert klebt an einer Erinnerung fest, von der er niemandem erzählt. Hat mit einer Frau zu tun, sie machte Urlaub auf dem Hof seiner Eltern. Wegen ihr hat der Vater ihn enterbt, für sie war Rupert bereit, auch alles andere aufzugeben. Ist zum ersten und letzten Mal von seiner Insel runter. Nach drei Wochen war er zurück, und trotzdem keiner mehr von hier. Hat sich dann mit Tufan und seinen

Leuten angefreundet, die es nicht stört, dass er in einer Welt festhängt, die andere schwer erreichen. Muhammed mag ihn gerade deshalb.
Rupert klappt den Boden eines Abfalleimers auf. Der Inhalt fällt in einen Sack, den Muhammed aufhält.
– Und wenn ich dir sage, Muhammed, niemand liest mehr, dann brauchst du dir das gar nicht vorzustellen, weil es nämlich so ist. Worte produzieren keine Phantasie mehr. Das ist den Leuten zu anstrengend geworden. Keiner weiß noch, wie er sich selbst ein Bild machen soll.
Muhammed hört geduldig zu, auch wenn er nicht sicher ist, ob Rupert mit ihm spricht. Der ist häufig in Selbstgespräche verwickelt, und Muhammed ist mit den Gedanken ohnehin bei einer Plastiktüte, fragt sich, was ein Indianerehrenwort heutzutage wert ist.
– Du musst lernen, Muhammed. Also lies gefälligst. Kannst du lesen?
Muhammed bindet den Sack zu.
– Das war der letzte, Rupert. Was machen wir jetzt?
Er wirft den verschnürten Müllsack auf die offene Ladefläche eines Multicars, hat Jesús nicht kommen sehen, der auf einmal neben ihm steht, sich gegen den Wagen lehnt, eine selbstgedrehte Zigarette im Mundwinkel. Jesús sieht ihn nicht an,
– Bist ziemlich leicht zu finden, Muhammed.
– Wird wohl Zufall gewesen sein.
– Ja, wahrscheinlich.
Rupert befördert eine Schubkarre, in der Spaten, Harke, Torfsäcke und schwarze Plastikbehälter liegen, zu einem kleinen, von Parkbänken und Zierbäumen umrahmten Platz.

– Muhammed! Kommst du?
Muhammed wendet sich von Jesús ab,
– Ich muss arbeiten.
Das hindert Jesús nicht daran, ihm zu folgen. Rupert ist bereits damit beschäftigt, vorsichtig, ohne die Wurzeln zu verletzen, den Ballen eines Buchsbaums auszugraben.
– Da läuft zum Beispiel die Vorstellung in einem Theater schon eine Stunde lang, als die Zuschauer endlich kapieren, dass die Schauspieler real sind. Da taucht ein Bekannter von dir auf, und du stellst uns nicht einmal vor, obwohl wir ja unbedingt real sind.
– Entschuldigung. Rupert, Jesús. Jesús, Rupert.
– Sehr erfreut,
sagt Jesús, reicht Rupert die Hand, der auf seinen verdreckten Arbeitshandschuh deutet,
– Sag ihm, er soll lesen, Muhammed.
Damit hat sich die Angelegenheit für Rupert erledigt; er widmet seine Aufmerksamkeit wieder dem Buchsbaum. Jesús druckst herum, fragt Muhammed, ob sie sich vielleicht später treffen wollen. Muhammed zögert. Jesús wird nervös.
– Kennst du das Merhaba?
Jesús nickt.
– So gegen acht, vielleicht.

Als Muhammed nach Feierabend durch die Fußgängerzone Richtung Bahnhof läuft, weiß er schon, was kommt, wo es ihn hinzieht. Wie immer, wenn keine Abendschule ist. Seine Mitschüler meiden ihn in ihrer Freizeit, so wie er sie. Alles, was er erlebt, erlebt er zusammen mit Erol, kennt ihn von klein auf. Muhammed hört Erols Lachen schon von weitem. Vor der Kaufhalle verteilt Erol mitgebrachte Bierflaschen. Der Wachmann vom privaten Sicherheitsdienst hat es längst aufgegeben, die jungen Leute im Winter von ihrem bevorzugten Treffpunkt zu verscheuchen. Sobald einer in die Kaufhalle reingeht oder rauskommt, öffnet sich die automatische Schiebetür und ihnen weht draußen ein Schwall warme, verbrauchte Luft entgegen. Erol nimmt Muhammed in Empfang, stellt ihm Lale und Kathrin vor. Lale grinst und trinkt aus ihrer Flasche, worauf Kathrin Lale auf den Arm schlägt, an ihrer Zigarette zieht und Erol den Rücken zukehrt. Erols Segelohren glühen. Hinter seinen funkelnden Augen tobt ein Narr, der glücklich ist, wenn er nur flirten, kiffen, ficken, saufen kann. Die Reihenfolge ist beliebig. Kathrin und Lale wollen zuerst erobert werden. Muhammed steht nur herum, lässt Erol machen, weil er woanders ist, nur dass er selbst nicht weiß, wo genau das sein soll. Erol schlägt vor, zu viert zu Muhammed zu gehen. Weil der als einziger eine eigene Wohnung hat. Kathrin und Lale zieren sich; das gehört zum Spiel. Muhammed ist nicht nach Spielen, trotzdem stimmt er zu. Überlegt es sich anders, als sie schon die Abkürzung zum Hochhausbunker nehmen, sein Blick aufs Ziffernblatt von Kathrins Armbanduhr fällt. Er drückt Erol die Schlüssel in die Hand. Erol fragt nicht nach, weil Lale an seinem Arm hängt. Kathrin tut so, als wäre es ihr egal.

– Er muss noch zu seinem Bruder. Kommt gleich nach, erklärt Erol Kathrin, küsst Muhammed zum Abschied auf die Wangen und zerrt die Eroberungen mit sich. Muhammed läuft zurück zur Promenade; seine Vespa steht noch dort. Dann braust er los, biegt ab, rollt die paar Meter die Straße hinunter zum Merhaba mit abgeschaltetem Motor. Sieht schon Jesús, der draußen an der Tür lehnt, ein Glas in der

Hand, mit dem er auf eine Straßenlaterne zielt. Er trifft den Mast. Muhammed weicht den Scherben aus, stellt die Vespa neben Jesús ab,

– Wartest du schon lang?

Jesús holt eine Schachtel Zigaretten aus einer Jackentasche, bietet Muhammed eine an. Von drinnen hört man Musik, die Stimmen von Orhan, Rupert, Tufan, Hilda und Tanja. Die Fenster sind beschlagen.

– Danke, ich rauche nicht.

Jesús versucht mit zittrigen Fingern ein Streichholz zu entflammen. Muhammed hilft mit seinem Sturmfeuerzeug aus. Jesús tritt von einem Fuß auf den anderen,

– Scheißkalt.

– Wir können rein.

– Zu viele Leute.

Muhammed lacht. Jesús bleibt skeptisch,

– Kennst du die etwa alle?

– Ist so was wie meine Familie.

Jesús weicht Muhammeds Blick aus.

– Ich hab deine Tüte noch, Jesús.

– Heb sie für mich auf.

Wieder liegt Stille zwischen ihnen. Die Stimmen aus dem Merhaba klingen wie ein Ruf. Aber Muhammed harrt draußen unbeirrt mit Jesús aus.

– Kann ich dich was fragen, Jesús?

– Wegen heute Morgen?

Jesús wirft die Kippe weg.

– Ja.

– Keine Sorge, Muhammed. Die Erstickungsgefahr ist gebannt. Ich probiere es jetzt mit Erfrieren.

– Das klappt sicher.

– Einen Versuch ist's wert.
Muhammed weicht Jesús' Blick aus.
– Bleibst du länger hier,
will Jesús wissen.
– Was ist mit dir? Gehst du noch woanders hin?
– Nein. Du?
Muhammed vergräbt die Hände in den Hosentaschen,
– Glaub nicht. Muss nur kurz rein, Guten Abend sagen.
– Gut. Dann warte ich.
Alle freuen sich, Muhammed zu sehen. Tanja legt eine Hand auf Tufans Knie, als Muhammed erklärt, dass er nicht bleiben kann. Tufan nimmt es ohne nachzufragen hin. Als Muhammed wieder rauskommt, fragt Jesús ihn, ob er bei ihm übernachten kann, und Muhammed sagt,
– Ja, na klar.

Muhammed wacht auf, weil ihn Haare an der Nase kitzeln. Er liegt zwischen Lale, Kathrin und Erol in seinem Bett, starrt durchs Grau der Dämmerung. Jesús liegt auf dem Boden, seine Füße, die noch in Schuhen stecken, gucken unter einem Schlafsack hervor. Überall sind volle Aschenbecher, umgekippte Flaschen, halbleere Gläser. Auf dem Couchtisch mit Rollen, Schubladen und Glasplatte, der zwischen den grünen Cordsesseln vorm Fenster steht. Auf dem Schreibtisch zwischen Küchentür und Flurtür an der gegenüberliegenden Wand. Auf dem Regal an der Längsseite, gegenüber vom Bett, zwischen Büchern, DVD's, CD's, der Stereoanlage, dem Fernseher und dem DVD-Spieler. Nicht meine Party, denkt Muhammed und schiebt Kathrins Hand von seinem Oberschenkel. Jesús ist aufgestanden, sieht sich in der Wohnung um, bemerkt nicht, dass Muhammed ihm mit den Augen folgt. Er scheint nach etwas zu suchen, durchwühlt Kathrins Handtasche, hält einen Zwanzig-Euro-Schein, ihr Handy in der Hand. Der Radiowecker beginnt Musik zu spielen. Jesús zuckt; sein Kopf dreht sich in Richtung Bett; Muhammed schließt die Augen. Sieht nicht, dass Jesús Geld und Handy wieder in die Tasche steckt und stattdessen einen kleinen, durchsichtigen Plastikbeutel voll Gras herausholt. Als Muhammed Minuten später den harzigen Geruch des Rauchs wahrnimmt, würde er sich gern zu Jesús ans Fenster stellen, am Joint ziehen; aber er bleibt liegen. Hört die Tür ins Schloss fallen. Unterhalb der Sonne ist alles gelb, orange und über ihr färbt sich der Himmel himmelblau.

Rupert hat die Füße auf dem Schreibtisch im Büro liegen, das an die Garage für die Fahrzeuge des Ordnungsamts grenzt. Als Muhammed bei dem Bungalow zwischen Fußballplatz und Erlebnisbad angehetzt kommt, prostet Rupert ihm mit seinem Pott heißen Tees mit Rum zu und grinst,
– Mein Klassenlehrer hat immer gesagt, wer feiern kann, der kann auch arbeiten.
– Tut mir leid.
Rupert sieht Muhammed in die geröteten, verquollenen Augen,
– Der hatte überhaupt keine Ahnung, was Arbeit bedeutet.
Rupert wippt bester Laune mit seinem Stuhl, die Füße nach wie vor auf dem Schreibtisch. Mit jeder Bewegung droht er umzukippen,
– Und mein Vater hat immer gesagt, fünf Minuten vor der Zeit ist des Soldaten Pünktlichkeit. Er hat es nie verwun-

den, dass er für den Krieg zu jung war. Und für die Bundeswehr war er dann zu alt. Da hat er alle Hoffnung auf mich gesetzt, und als ich den Kriegsdienst verweigern wollte, hat er gesagt, dann dürfte ich nicht länger seinen Namen tragen. Jetzt habe ich einen Mädchennamen.
Muhammed pult an seinen Nagelhäuten, will wissen, was es zu tun gibt. Rupert hört auf zu kippeln und nimmt die Füße vom Tisch.
– Den Mädchennamen meiner Mutter. Was ist los mit dir, Muhammed?
– Schwer zu erklären, Rupert. Kann ich freihaben? Bitte.

Muhammed überlegt, wo er suchen soll, fährt ziellos umher. Er hat was dagegen, dass einer, der erst ersticken und dann erfrieren will, einfach verschwindet. Er nimmt die nördliche Umgehungsstraße, folgt ihr Richtung Kampen. Schon von Weitem kann er auf der Brücke, die kurz vor Wenningstedt über die Straße führt, jemanden sehen, der auf dem Geländer tanzt. Muhammed gibt Gas, bremst auf dem Seitenstreifen, lässt die Vespa fallen, rennt den grünen Wall hoch und auf die Mitte der Brücke zu. Jesús springt. Landet vor Muhammed und verbeugt sich. In Muhammed brennt Wut,
– Wie bescheuert bist du? Willst du fallen, oder was?
– Ich falle nicht. Ehrlich. Hast du etwa nach mir gesucht?
Muhammed bleibt die Antwort schuldig. Allmählich beruhigt sich sein Puls. Sie lehnen über das Geländer, sehen auf Autos, die auf sie zugefahren kommen und unter ihnen verschwinden oder plötzlich aus dem Nichts hervorschießen.
– Bist du gut in Physik, Muhammed?
– Nein.

– Es gibt da eine Gleichung. Also die Geschwindigkeit des Fahrzeugs, das auf dich zukommt im Bezug zu deinem Körpergewicht und zur Höhe, in der du bist. So bestimmst du die Dauer deines Falls. Entscheidend ist aber die Landung.
– So wie du gebaut bist, fällst du ewig und landest nie. So ein Schwachsinn.
Jesús lacht,
– Sehr ermutigend, danke.
Muhammed schlägt vor, ein bisschen rumzufahren. Sie schlittern den Abhang runter zu seiner Vespa. Muhammed setzt Jesús den Helm auf, dann fordert er ihn auf, sich festzuhalten. Jesús steckt die Hände in die Jackentaschen. Sie kurven Richtung List. Hinter Kampen türmen sich die Dünen majestätisch auf. Muhammed verlässt die asphaltierte Straße, fährt parallel auf einer Schotterpiste weiter. Es sind kaum Menschen unterwegs. Die sinkende Sonne schleift einen dunkelblauen Himmel hinter sich her. Muhammed biegt in einen Weg ein, der für Kraftfahrzeuge gesperrt ist, weicht den Schlaglöchern aus, so gut er kann. Sie schneiden durch die Wüstenlandschaft, landen in einem kraterförmigen Tal. Wie abgestorbene Korallen sieht das Heidekraut aus, das den Boden überwuchert. Vor ihnen baut sich eine riesige, windschiefe Düne auf. Muhammed stoppt.
– Was wollen wir hier?
Jesús Wangen sind blaurot.
– Du hast ja auf einmal Farbe im Gesicht, Jesús.
– Ist das von Vorteil?
Sie stapfen die Düne hoch, Jesús auf allen Vieren hinter Muhammed her, der sich auf halber Höhe umdreht, sich rückwärts fallen lässt und mit den Armen schlägt, als wären es Flügel. Jesús hockt sich neben ihn.

– Merkst du was, Jesús?
– Gott hat die Wüste auf Eis gelegt.
– Hier weht kein Wind. Das ist der größte Windschutz der Welt.
– Der größte Windschutz der Welt ist eine Riesenwelle aus Sand, und gleich wird sie brechen und uns unter sich begraben.
Jesús dreht sich mühsam eine Zigarette.
– Was machst du, wenn du nicht auf Brücken oder unter Plastiktüten rumhängst, Jesús?
– Ich werde Schauspieler.
– Echt?
– Meine Mutter glaubt, dass ich auf einer Schule bin. Ihr fällt gar nicht auf, dass ich nie fertig werde. Sie will das, weißt du. Hat mich schon als Kind darauf getrimmt. Spracherziehung beim Logopäden, weil ich einen S-Fehler hatte. Ich war auch mal in einer Windelwerbung. Schauspielerin war ihr Lebenstraum, hat's aber nie geschafft. Und ich hab's nie probiert. Interessiert mich nicht.
– Deine Mutter wird es rausfinden, irgendwann.
– Ja, das wird das Grauen. Bestimmt wird sie wütend, sperrt mich ein und keift solange rum, bis ich ohnmächtig werde. Oder verhungert bin.
Muhammed zündet ihm die Zigarette an.
– Wie alt bist du, Jesús?
– Dreiundzwanzig. Ich weiß, ich sehe aus wie sechzehn.
– Ist mir nicht aufgefallen.
Sie lächeln.
– Was würdest du gern machen, Jesús?
Jesús kippt nach hinten, schließt die Augen.
– Weiß noch nicht. Und du?

– Ich finde gut, was ich mache.
– In der Erde wühlen und Müll aufgabeln?
– Macht mir nichts aus. Ich will mal Landschaften gestalten. Ich werde Landschaftsarchitekt, verstehst du. Aber erstmal mache ich das Abitur nach, dann kann ich das später studieren. Als Fernstudium, oder so.
– Ich glaube, das ist echte Kunst. Landschaft so zu verändern, dass sie überhaupt wahrgenommen wird. Da muss man Landschaft in den Fortschritt reinbauen. Dann wird das eins. Dann stehst du in einer stinkenden Stadt auf einmal mitten im Wald. Ich finde, das passt zu dir, großer Häuptling.
Muhammed fällt schwer zu glauben, dass einer so viel Verständnis für ihn hat.
– Muhammed?
– Hm?
– Hast du so was wie einen Wunsch, von dem niemand was weiß? Weil du Angst hast, dass er nicht in Erfüllung geht, wenn du jemandem davon erzählst?
– Kann ich nicht sagen, Jesús.
– Echt nicht?
Jesús dreht sich zu Muhammed, mustert ihn, zögert, aber dann sagt er,
– Ich wünsche mir Himmel ins Herz.
Sie sehen zu, wie ihre Schatten immer länger werden.

Muhammed bringt ein wenig Wärme in den Wohn- und Schlafraum mit den kahlen, geweißten Wänden, indem er die zweiarmige Stehlampe mit orangener und gelber Glühbirne, die neben dem Bett steht, hochdimmt. Dann sammelt er die Flaschen ein, bringt sie in die Küche, leert die

Aschenbecher. Entfernt Reste von Chips und Schokolade vom Teppichboden, während Jesús auf einem der grünen Sessel am Fenster sitzt, ihm dabei zusieht und raucht,

– Mich stört's nicht, wenn es hier so aussieht, Muhammed.

– Du wohnst nicht hier.

Jesús grinst; Muhammed wischt mit einem feuchten Lappen über den Couchtisch und stößt gegen seine Knie,

– Hast du Hunger, Jesús?

Jesús schlägt vor, etwas zu holen, fragt Muhammed nach Geld, weil er selbst gerade keins hat.

– Du hast zwanzig Euro.

Jesús sieht ihn fragend an.

– Geliehen, dachte ich. Heute Morgen. Von Kathrin.

– Keine Ahnung, was du meinst, Muhammed. Also, was willst du haben?

Jesús bringt Pizza; Muhammed hat auch die Küche aufgeräumt und das Geschirr gespült. Sie sitzen am Küchentisch unter einem Filmplakat – Todesgrüße aus Shanghai. Bruce Lee springt auf Polizisten zu, die man nicht sieht; sie werden ihn erschießen, und er weiß das. Von der Küchendecke leuchtet eine matte, nackte Glühbirne auf die mintgrünen Wände und den rostbraunen Linoleumfußboden. Jesús raucht schon, Muhammed nimmt das letzte Stück von seiner Champignonpizza, schlägt vor, einen Film zu gucken. Zwischen Spüle und Herd schaltet die Waschmaschine in den Schleudergang.

– Was für einen Film,

will Jesús wissen.

– Kennst du Getaway, mit Steve McQueen?

– Ich kann dich nicht verstehen. Du musst lauter sprechen, Muhammed.
– Getaway! Mit Steve McQueen!
– Ich kenne keinen Steve McQueen.
Muhammed leckt sich die Finger ab, deutet auf Jesús' Pizzareste,
– Willst du nicht mehr?
– Kannst aufessen, wenn du magst.
– Sicher?
Muhammed zieht ungläubig den Pappkarton zu sich heran. Der Lärmpegel der Waschmaschine steigt. Muhammed nimmt die Pizza auf die Hand, stopft die Pappe in einen blauen Müllsack neben der Tür,
– Komm, ich zeig dir Getaway.
Jesús folgt Muhammed ins Zimmer, schiebt einen der Cordsessel neben das Kopfende vom Bett, Blickrichtung Monitor. Muhammed legt die DVD ins Abspielgerät und macht es sich auf dem Bett bequem. Mit der weinroten Tagesdecke aus grob gewebter Baumwolle und den gelben Kissen an der Wand ist es ein Sofa. Muhammed wählt im Menü die Sprachoption Englisch aus. Jesús beschwert sich nicht, und Muhammed startet den Film. Kein Licht brennt mehr, nur die Pixel flackern auf dem Bildschirm. Schon nach ein paar Minuten beginnt Jesús unruhig auf dem Sessel hin- und herzurutschen,
– Was sind das für komische Farben?
– Keine Ahnung, Jesús. Wie meinst du das?
– Die Farben sind komisch.
– So sehen Farbfilme aus den Siebzigern aber aus.
Sie starren beide auf den Bildschirm, ohne dem Film zu folgen. Nach einer Weile fragt Jesús, ob sie was anderes gucken

können. Erleichtert wechselt Muhammed das Programm, sagt, dass er eh müde ist und pumpt eine Luftmatratze für Jesús auf.

– Du kannst deine Schuhe übrigens ruhig ausziehen, Jesús.

Muhammed löscht das Licht. Jesús zieht sich die Schuhe aus, kriecht in den Schlafsack. Die Flamme seines Feuerzeugs leuchtet auf. Sie blicken beide auf die Glut der Zigarette. Aus der Ferne hören sie das Meer rauschen.

Kurz bevor sich der Radiowecker einschalten würde, stellt Muhammed die Weckfunktion auf Aus, lauscht dem Wind in den Fahnen auf dem Parkplatz unter dem Fenster. Jesús rührt sich nicht. Muhammed klaubt ein paar Sachen zusammen, schleicht sich ins Badezimmer, wo er sich anzieht, sich die Zähne putzt. Er vermeidet es, im Zimmer Licht anzumachen, öffnet aber das Fenster. Geht in die Küche, trinkt ein Glas Milch. Auf ein leeres Blatt Papier schreibt er Jesús eine Nachricht. Von einem Regal über der Anrichte nimmt er ein vakuumversiegeltes Päckchen Kaffee aus einer Dose, stellt es auf den Tisch und schiebt den Zettel darunter. Am Horizont schält sich eine Blutorange aus dem Nachtblau heraus. Vorsichtig zieht Muhammed die Wohnungstür hinter sich ins Schloss. Stellt sich vor, was Jesús macht, sobald er aufwacht.

Obwohl Jesús in seinen Anziehsachen im Schlafsack gelegen hat, ist ihm kalt. Er steht auf und schließt das Fenster. Nimmt seinen Tabak, hofft auf Wärme in der Küche. Liest die Nachricht. Öffnet die Verpackung und fächelt sich den aufsteigenden Kaffeeduft unter die Nase. Geht ins Bad, während die Maschine den Kaffee für ihn zubereitet. Zieht sich aus. Die Sachen bleiben liegen, wo er sie abstreift. Steigt in das Duschbecken, dreht das Wasser auf, schreckt zurück. Drückt sich gegen die weißgekachelte Wand. Kneift die Augen zusammen. Seift sich flüchtig ein. Presst die Lippen aufeinander. Spült den Schaum ab, dreht auf Kalt, prustet. Stellt das Wasser ab und schüttelt sich. Schiebt die Milchglasscheibe der Duschkabine auf. Steht nass auf der blauen Badematte am Waschbecken, vor dem Hängeschränkchen mit Spiegeltüren und Lichtleiste. Sieht den Tropfen hinterher, die über sein Gesicht rinnen. Hat Gänsehaut. Die feinen braunen Härchen an den Unterarmen stellen sich auf. Er zittert. Fürchtet, dass ihm schwarz vor Augen wird. Merkt, dass er die Augen zugemacht hat. Steht im rechteckigen Flur vor dem geöffneten Kleiderschrank, vor dem großen Spiegel, der in der Tür hängt. Hat um seine Hüften ein Handtuch gewickelt. Nimmt Shorts aus einem Fach, schnüffelt daran, schlüpft rein und legt das Handtuch ab. Nimmt ein T-Shirt, schnüffelt. Nimmt sich Socken, schnüffelt. Alles ist zu groß. Allmählich wird ihm wärmer. Er nimmt sich einen Becher Kaffee, stellt ihn neben das Bett, sucht nach der Fernbedienung, stellt den Fernseher an. Fläzt sich ins Bett, dreht einen kleinen Joint, schlurft Kaffee und kifft. Die Sonne wirft einen feinen Lichtstrahl ins Zimmer, der auf sein Gesicht trifft. Er spürt der Wärme nach. Lässt das Rollo herunter, will die Reflexe auf dem Schirm abblenden.

– Was ist los mit dir, Muhammed?

Rupert und Muhammed lehnen windgeschützt am Weststrand gegen einen der Rettungsschwimmertürme, die sie renovieren sollen. Rupert trägt einen grünen Parka über seinem Overall, hat eine gelb-schwarzgestreifte Pudelmütze auf dem Kopf. Die hellbraunen Augen verschwinden fast in dunklen Höhlen. Er hat Pausenbrote mitgebracht.

– Was soll sein, Rupert?

Ein kleiner zerzauster Hund bellt das Meer an.

– Keine Ahnung, Muhammed. Du siehst anders aus.

– Ich seh aus wie immer, du Spinner.

Der Hund schreckt vor der Brandung zurück und läuft doch immer wieder darauf zu.

– Na, schön, Muhammed. Wo sind wir stehengeblieben.

Muhammed bringt Rupert Türkisch bei. Er sagt etwas in seiner Muttersprache, und Rupert kann nicht folgen. Der Hund hat einen Krebs entdeckt, stupst ihn mit der Nase vor sich her. Rupert bemüht sich, Muhammeds Lautmalerei nachzuformen. Der Hund ist aus Versehen im Wasser gelandet und stellt fest, dass es nicht beißt. Jetzt tobt er durch die auslaufenden Wellen.

– Schon besser, Rupert.

– Danke. Aber was heißt das? Was habe ich gesagt?

– Wir fangen lieber wieder mit den Zahlen an, was meinst du?

– Zählen kann ich schon.

– Dann mach.

Ein paar seiner Mitschüler verabschieden sich von Muhammed nach dem Unterricht. Er setzt den Helm auf, macht sich auf den Weg ins Merhaba, das Mondlicht schummrig, wie das einer Gaslaterne. Orhan, Hilda, Rupert, Tufan und Tanja sitzen schon zusammen. Orhan streicht zwanghaft mit Zeige- und Mittelfinger über seinen neuen Oberlippenbart.

Mit seinen zweiundvierzig Jahren hat er die ersten grauen Haare an den Schläfen entdeckt. Hilda versichert allen, vor allem ihm, dass sie es attraktiv findet. Unter dem Tisch hält sie seine Hand, muss seinen Körper fühlen, sich immer vergewissern, dass er noch da ist. Mit fünf hat sie ihren Vater verloren. Der ist auf der Jagd nach seltenen Vögeln in Papua-Neu-Guinea verschollen. Egal wie schön die Märchen waren, die die Mutter der Tochter darum gesponnen hat, nicht mal Asche, von der sie hätten Abschied nehmen können, ist je von ihm zurückgekehrt. Muhammed findet Hilda schön; jeder findet das. Außer bei der Arbeit trägt sie immer Hosenanzüge mit Rollkragenpullovern. Sie schminkt sich nie. Bindet die glatten, dunkelblonden Haare zu einem Zopf, weil es praktisch ist, sagt sie. Niemand kann Hildas Alter schätzen; sie ist fünfunddreißig und verrät es jedem, der sie fragt.

Hilda und Tanja knacken Sonnenblumenkerne. Rupert fragt, was es zu essen gibt. Tanja deutet auf Tufan, der sagt,

– Linsen.

– Linsen?

– Was hast du gegen Linsen, Rupert?

– Nichts, Tufan, ehrlich.

Tufan hindert ihn nicht daran, hinter den Tresen zu gehen, sich selbst ein Bier zu zapfen. Muhammed hat sich zu Erol an die Bar gesetzt, der dort auf ihn gewartet hat.

– Wie läuft's bei dir, Erol?

Erol ist nicht vermittelbar; er stört sich nicht daran. Will seine Jugend genießen und selbst bestimmen, wie lang die dauert. Im Sommer hilft er am Strand aus, kassiert die Leihgebühr für Strandkörbe ab, die er auch wartet. Im Moment hat er ganz andere Probleme.

– Ich lass mir die Ohren anlegen. Was hältst du davon?
Muhammed guckt ihn ratlos an.
– Mann, ich will, dass du sagst: Ja! Mach das! Ich meine, das geht echt einfach heute. Fünfhundert Euro, und sie tackern dir die Ohren an den Kopf und zwar so, dass du überhaupt nichts siehst. Der Arzt sagt, er kennt einen Psychologen, dem soll ich zweihundertfünfzig zahlen, dann schreibt der an die Krankenkasse und die übernehmen dann die vollen Kosten für die Ohren. Weil ich sonst gefährdet bin, mir was antue, würde der Psychologe behaupten. Sind die krank, oder was? Bin ich versichert? Das bringt mir gar nichts. Warum soll ich mich versichern? Damit ich irre werde, oder was. Ich will nur meine Ohren anlegen lassen. Die schnallen das einfach nicht. Also, was meinst du?
– Schwierig.
– Ja, Mann.
Muhammed schnippt gegen eins der besagten Objekte. Erol kann nicht ausweichen,
– Au! Spinnst du?
– Was stimmt jetzt nicht damit, Erol?
– Keine Ahnung, Mann. Sag du's mir. Ich lass die Pfuscher nicht an meine Ohren. Das sind meine Ohren, oder. Pfusch. Ich schwör's. Guck dir meine Ohren an. Der totale Pfusch. Ich fasse es nicht.

Muhammed ist müde, kann nicht glauben, dass Erols Ohren ihn derart beschäftigen. Tufan bietet ihnen Linsen an. Erol verzieht das Gesicht und deutet auf sein leeres Bierglas; er bevorzugt Flüssignahrung. Um Streit zu vermeiden, nimmt Muhammed einen Teller, schlingt das Essen in sich hinein, während Erol laut darüber nachdenkt, was eigentlich ein Psychologe ist, dass das wahrscheinlich Seelenräuber sind, die sich vor ihrer eigenen Seele fürchten. Es ist nach Mitternacht, als Muhammed endlich nach Hause kommt, die Vespa unter dem Verschlag auf dem Parkplatz abstellt, durchs Treppenhaus ins sechste Stockwerk hochsteigt, ohne außer Atem zu kommen. Vor seiner Wohnungstür hockt Jesús,

– Arbeitest du auch Nachtschicht?

– Nein. Willst du mit rein, Jesús?

Als wäre das ganz normal.

– Ich wollte dir nur deine Sachen zurückbringen.

– Was für Sachen?

– Die, die ich mir geliehen hab.

Muhammed versteht nicht, fragt aber auch nicht nach. Er schließt die Tür auf; das Licht im Treppenhaus geht aus.

– Los, komm rein, Jesús.

– Nein.

Muhammed will ihn nicht überreden müssen,

– Okay. Also was ist mit den Sachen?

– Habe ich noch an.

Muhammed nickt,

– Kannst sie behalten.

– Echt?

Muhammed steht schon in der Tür,

– Ich geh jetzt schlafen, Jesús. Alles in Ordnung mit dir?

– Ja.

– Du kannst hier übernachten, wenn du willst.

– Ich muss nach Hause.

– Wie du willst, Jesús.

Muhammed schiebt die Tür zu. Jesús stellt einen Fuß in den Rahmen,

– Okay. Dann bleibe ich.

Muhammed zieht sich aus, geht ins Bad, putzt sich die Zähne. Jesús schiebt sich die Luftmatratze zurecht, macht das Licht aus. Die Jalousie ist unten. Muhammed tastet sich zum Bett.

– Muhammed?

– Hm?

– Warst du bei der Bundeswehr?

Muhammed öffnet wieder die Augen, die sich langsam an das Dunkel gewöhnen, verschränkt die Arme hinter dem Kopf.

– Nein. Du?

– Ich bin ausgemustert. Bin allergisch gegen Feldbetten. Als ich vierzehn war, haben sie mich an Händen und Füßen an ein Feldbett gefesselt. Drei Tage mit verbundenen Augen. In echt. Weil mein Vater Schulden bei denen hatte. Wettschulden.

– Ich dachte, du weißt nicht, wer dein Vater ist.

Der Kunststoffrahmen des Fensters knackt, sobald eine Windböe gegen die Scheibe drückt.

– Warum weiß ich das nicht? Der hat mich verpfändet. Ich schwöre, wenn du willst. Drei Tage haben die mich nicht mal in eine Flasche pissen lassen.

Das Geräusch des flatternden Fahnentuchs wird so laut, als würde einer direkt vor dem Fenster Teppiche klopfen.

– Und dann konnte dein Vater doch noch bezahlen?

– Die Bullen haben mich gefunden. Als Dankeschön, oder Entschuldigung, oder was weiß ich was, hat mein Vater mir eine Taschenuhr geschenkt. Was soll ich mit einer Taschenuhr. Der wollte mit der Scheißuhr nur seine Verantwortung für mich loswerden. Oder dass ich immer an ihn denken muss. He, Muhammed?

– Hm?
Muhammed kann sich nicht erinnern, wann er das letzte Mal den Schlaf vor sich herschiebend so in der Nacht mit jemandem geredet hat. Mit Tufan vielleicht, aber das ist lange her.
– Was ist mit deinen Eltern, Muhammed?
Jesús ist hellwach.
– Die sind zum Sterben zurück in die Türkei.
– Sind sie krank?
– Nein, nicht wirklich.
Seine Mutter würde es ohnehin nicht zugeben. Drei Monate hat es einmal gebraucht, bis sie ihre Knieschmerzen nicht mehr verbergen konnte. Der Arzt verschrieb eine Manschette; sie wusste nicht, wie man die anlegt, hat nicht gefragt. Keiner hat mitbekommen, dass sie Hilfe braucht, auch Muhammed nicht.
– Es gibt Eltern, die wollen ihre Kinder mit ihren Krankheiten verschonen, Muhammed. Damit die sich nicht verpflichtet fühlen. Die wollen stark sein für ihre Kinder, egal, wie alt die sind. Meiner Mutter genügen Halsschmerzen, um mich als Pfleger anzufordern.
Der Rauch eines Joints steigt Muhammed in die Nase und mit ihm die Idee, dass Jesús vielleicht Gedanken lesen kann.
– Und, vermisst du sie, Muhammed?
– Hm.
– Ich vermisse meinen Vater,
behauptet Jesús, tastet nach dem Aschenbecher.
– Willst du ziehen?
– Hmhm.
– Echt nicht?
– Wo ist dein Vater?

– Der ist immer woanders. Arbeitet jetzt fürs Technische Hilfswerk. Als Letztes habe ich eine Postkarte aus dem Sudan bekommen. Er meint, für mich wäre es da zu gefährlich, sonst könnte ich ihn besuchen. Egal, wo der ist, für mich ist es da immer zu gefährlich. Wo bin ich denn entführt worden? Bestimmt nicht im Sudan. Warst du schon mal im Sudan? Muhammed?
Muhammed ist schon unterwegs in seinen Träumen.

Muhammed hat Jesús ein paar Tage nicht gesehen, nichts von ihm gehört. Glaubt an Zufall, als er ihm auf dem Weg zur Arbeit trifft und freut sich. Fragt ihn, ob er am Abend, nach der Schule, mit ins Merhaba kommen will. Jesús zieht die Schultern hoch, sein Hals verschwindet. Jesús sagt,
– Gern.

Muhammed stellt ihn vor, und Jesús reicht allen die Hand. Tufan will, dass Jesús zwischen Hilda und Rupert an der großen Tafel Platz nimmt; Muhammed sitzt ihm schräg gegenüber. Es gibt Eiersalat mit Krabben. Cous-Cous mit Rauke, Olivenöl, gekochten Möhren, grobgeriebenem Parmesan und Petersilie. Lammfrikadellen, gefüllte Paprikaschoten, Reis und eine Honig-Mandel-Creme. Teller und Schüsseln werden hin- und hergeschoben, Flaschen angereicht und Gläser mit Rotwein, Bier oder Wasser gefüllt. Tufan kümmert sich, dass alle genug von allem haben. Jesús bekommt auf Wunsch eine Cola. Orhan regt sich gerade auf,
– Willst du Luxus, bekommst du Luxus. Kannst du dir Luxus nicht leisten, bekommst du etwas, das ich dir als Luxus

verkaufe, und du denkst, du hast Luxus. Die Leute wollen nur zeigen können. Denen ist es egal, was sie fühlen, Hauptsache, die anderen bewundern sie für ihr Haus. Aber ich will, dass die Leute sich wohlfühlen. Die sollen wissen, was es bedeutet, ein eigenes Haus zu haben. Dass ein Haus ein Herz ist. Es ist eine Kunst, ein fremdes Herz zu verkaufen. Den Leuten das begreiflich zu machen, dass es ihr Herz sein könnte. Die glauben das nicht. Weil sie kein Herz haben.
Rupert schenkt sich und Orhan Bier nach,
– Wie hältst du das aus mit ihm, Hilda? Wie hält eine Naturschützerin es mit einem Immobilienmakler aus?
Orhan streift sich über den schmalen Oberlippenbart,
– Siebzig Prozent für mich, dreißig für Hilda. Uns gehört die Insel, Rupert.
Hilda lacht, zwickt ihn. Tufans Blick wandert über den Tisch, vergewissert sich, ob jeder genug hat. Tanja fragt Jesús, was er beruflich macht. Muhammed schielt nach Jesús, der sich unbeirrt ein Stück Lammfrikadelle in den Mund schiebt, sich entschuldigt und nachfragt. Er hat nicht richtig verstanden, weil seine ganze Aufmerksamkeit dem Essen gilt.
– Das ist komisch,
mischt Hilda sich ein und nippt an ihrem Rotwein,
– Dass das so wichtig ist, was einer macht. Dabei machen viele gar nicht, was sie machen wollen, weil sie davon nicht leben könnten. Und sie sagen dann, ich mache das oder das, aber eigentlich bin ich das. Sofort ist da so etwas wie Scham. Dabei können sie doch froh sein, überhaupt eine Arbeit zu haben. Es ist schrecklich, wenn man sich schämen muss, weil es einfach nichts zu tun gibt für einen.
– Es können aber nicht alle, die keine Arbeit haben, anfangen Skulpturen zu bauen, Hilda,

Rupert trinkt sich in Fahrt.

– Das meine ich doch gar nicht,

empört sich Hilda. Rupert lässt nicht locker,

– Oder Türkisch, oder Finnisch, oder Yoga lernen. Da ist ja auch kein Mehrwert drin.

– Die Leute wollen keine Arbeit, die wollen nur einen Arbeitsplatz,

Tufan versteht sich darauf, alle anderen zum Verstummen zu bringen. Tanja verdreht die Augen, worüber Muhammed sich freut. Orhan fragt Rupert, ob er mit seiner Arbeit zufrieden ist.

– Ich liebe meine Arbeit.

– Und was wärst du ohne sie,

will Tufan wissen.

– Na, arbeitslos.

Rupert prostet den anderen zu. Jesús zieht die Schüssel mit der Honig-Mandel-Creme zu sich heran, obwohl noch eine halbe Paprikaschote und Reis auf seinem Teller liegen. Tufan verzieht das Gesicht. Tanja reicht Jesús einen Löffel, fragt Rupert, was er ohne Arbeit machen würde.

– Ich würde eine Agentin für Arbeit kennenlernen und sie während eines konspirativen Treffens mit einer Rasierklinge bedrohen. Dann dürfte ich die Leute am Strand unterrichten. Oder ihnen einfach etwas vorlesen.

– Und wenn sie dir dafür nichts geben wollen,

Tufan schenkt Rupert nach.

– Dann schlage ich sie zusammen.

– Für einen Euro,

schlägt Orhan vor, und Rupert nickt. Muhammed sucht Jesús' Blick, aber der ist mit der Mandel-Creme beschäftigt. Tanja fragt ihn, ob Jesús sein richtiger Name ist.

– Ja,
er lächelt Tanja an,
– Als Kind bin ich jeden Tag dafür gekreuzigt worden. Und dann habe ich Zimmermann lernen müssen. Das war eine Arbeitsbeschaffungsmaßnahme. Was anderes hatten die angeblich nicht für mich. Zum Glück habe ich dann eine Allergie gegen Holzschutzmittel bekommen. Eigentlich will ich Schauspieler werden. Oder Stuntman.
Tufans Augenbrauen ziehen sich zusammen. Jesús löffelt genüsslich seine Creme, zwinkert Muhammed zu, hat offensichtlich seinen Spaß.
– Da bist du ja hier richtig,
sagt Tanja, stupst Tufan an, der von ihr abrückt, wovon sie sich nicht beirren lässt,
– Tufan hat mal Theater gespielt.
– Räuber Tufan,
legt Orhan nach. Ob Jesús »Die Räuber« kennt.
– Wen?
– Aber du kennst Schiller?
– Keine Ahnung, tut mir leid.
Jesús findet offenbar nichts Besonderes daran, Schiller nicht zu kennen, und schenkt sich Rotwein ein, leert sein Glas mit einem Zug. Orhan ist fassungslos. Tanja nimmt den Faden wieder auf,
– Jedenfalls gibt es da eine Räuberbande, und Tufan war Schufterle, der kleinste und unfähigste. Aber er war der einzige, bei dem man Schiller hören konnte. Normalerweise. Obwohl er kaum Text hatte, nur einen kleinen Monolog. Als es bei der Premiere dann endlich soweit war, dass er sprechen durfte, hat er mittendrin einen Lachanfall bekommen.

– Alle haben gedacht, der Türke lacht Schiller aus. Peinlich, sagt Orhan, als schäme er sich heute noch dafür.
– Erzähl uns die Geschichte, Tufan.
Hilda bettelt für die anderen mit. Tufan ziert sich. Muhammed kennt das, weiß, er macht es, um den Effekt zu verstärken. Er sieht zu Jesús, der bester Laune ist und Rotwein mit Cola trinkt. Unvermittelt grinst er Muhammed an, unverschämt und verschwörerisch zugleich. Muhammed spürt, wie ihm das Blut in den Kopf schießt, senkt den Blick auf seinen Teller, auf dem er Reiskörner hin- und herschiebt. Er sieht wieder zu Jesús, der sich unverhohlen darüber freut, ihn aus der Fassung gebracht zu haben. Tanja liefert Tufan sein Stichwort,
– Weißt du nicht, Schufterle, wieviel es Tote gesetzt hat?
Tufan neigt seinen Kopf zur Seite, guckt ihr grimmig von unten ins Gesicht, hebt seine Stimme an,
– Dreiundachtzig sagt man. Der Turm allein hat ihrer sechzig zu Staub zerschmettert. Pah! Pah! Was heißt das aber?
Jetzt legt er Zorn und Abscheu in die Rede,
– Ja, wenn's Männer gewesen wären – aber was leichte Beine hatte, war ausgeflogen und nur der Bodensatz der Stadt blieb zurück, die Häuser zu hüten, während wir wüteten und Feuer legten. Gewürm, Kranke, Greise und Kinder.
Plötzlich schreit Tufan,
– Ja, zum Teufel!
Jesús erschreckt sich; Muhammed muss sich die Hand vor den Mund legen, um nicht laut loszuprusten, und Tufan fährt von Ekel erfüllt fort,
– Und Kindbettnerinnen dazu, und hochschwangere Weiber, die befürchteten, unterm lichten Galgen zu abortieren, junge Frauen, die besorgten, sich an den Schinderstückchen

zu versehen und ihrem Kind im Mutterleib den Galgen auf den Bauch zu brennen.

Jesús wippt mit seinem Stuhl; Muhammed formt Muster aus Reis, und jedesmal, wenn ihre Blicke sich treffen, fürchtet der eine, dass der andere einen Lachanfall bekommt. Tufans Stimmung schlägt plötzlich um. Voller Wärme und Mitgefühl spricht er weiter,

– Wie ich von ungefähr so an einer Baracke vorbeigehe, hör ich drinnen ein Gezeter, ich guck hinein, und wie ich's im Licht besehe, was war's? Ein Kind war's, noch frisch und gesund, das lag auf dem Boden unterm Tisch – Armes Tierchen, sag't ich, du verfrierst ja hier,

Tufan setzt eine kunstvolle Pause, und obwohl Jesús der einzige ist, der nicht weiß, was kommt, herrscht gespannte Stille.

Dann sagt Tufan leise, eiskalt,

– Und warf's in die Flammen.

Hilda, Tanja, Orhan und Rupert applaudieren; Jesús tut es ihnen nach. Tufan beginnt die leeren Teller zu stapeln.

– Hast du es schon irgendwo probiert, Jesús?

Er versteht nicht, was Hilda meint.

– Mit der Schauspielerei, meine ich.

– Ach so, nein. Ich habe eine Lernstörung. Kann nicht auswendig lernen.

– Das kann man aber üben,

davon überzeugt gießt Rupert Jesús Rotwein ins Glas. Muhammed lacht, schlägt vor, dass Rupert es ihm beibringen kann. Schon ist der nicht mehr zu stoppen,

– Genau. Ich bin das Gedächtnis. Aber Erinnerung ist eine Ware, die sich kein Mensch leisten will. Für mein Gedächtnis gibt es keinen Markt. Sobald ich mich erinnere, werde ich

nämlich weggezappt, weil ich dann keine Zukunftsbranche mehr bin.
Hilda sucht nach Orhans Hand; müde legt Tanja ihren Kopf auf Tufans Schulter. Jesús dreht sich eine Zigarette. Rupert steigt ungebremst auf Grappa um,
– He, ich räume den Dreck weg. Ich meine, ist schon mal irgendwer auf die Idee gekommen, Körperfettsteuer zu erheben? Fett ist auch eine Art, sich zu erinnern.
Muhammed kann sehen, wie die Farbe aus Jesús' Gesicht weicht, seine gute Laune wie auf Knopfdruck verschwindet. Rupert ist von seiner Idee begeistert,
– Da erinnern wir uns daran, was wir alles in uns reingestopft haben. Jetzt besteuer mal das Übergewicht. Das eröffnet ganz neue Perspektiven. Wer Steuern sparen will, saugt Fett ab.
– Du musst mehr Wasser trinken, Rupert,
Orhan prostet ihm zu und Rupert ruft,
– Ja! Mehr Wasser für alle.
Hilda nennt ihn einen Spinner; alle lachen, nur Jesús und Muhammed nicht. Jesús will gehen, ist schon aufgestanden. Muhammed bietet an, ihn zu begleiten, und Tanja bringt die beiden zur Tür, während Tufan schon anfängt, den Tisch abzuräumen. Orhan hilft ihm dabei. Draußen fragt Muhammed Jesús, ob er nach Hause will. Jesús schüttelt den Kopf. Muhammed setzt ihm den Helm auf. Der Fahrtwind weht Jesús Muhammeds Haare ins Gesicht; die Kälte betäubt ihre Haut.

Jesús besteht darauf, den Lift zu nehmen; Muhammed drückt die Sechs,
– Geht's dir gut, Jesús?

– Netter Abend.
Muhammed lächelt,
– Aber du zitterst.
– Kalt. Danke, dass ich bei dir übernachten darf.
– Kein Problem, Jesús.
Im Flur zieht Jesús sich die Schuhe aus. Muhammed will im Zimmer das Fenster öffnen, überlegt es sich mit einem Blick auf Jesús, der die Arme um sich schlägt, aber anders.
– Wo ist die Luftmatratze, Muhammed?
– Keine Lust mehr, sie aufzupumpen.
– Ich schlafe auf dem Boden, kein Problem. Ist ja Teppich.
– Das Bett ist groß genug für uns beide, Jesús. Ich hab zwei Decken.
– Okay.
Zu Muhammeds Verwunderung zieht Jesús Pullover, Sweat-Shirt, Hose und Strümpfe aus und fällt mit T-Shirt und Shorts, die ihm gehören, ins Bett,
– Ich glaube, ich bin betrunken, Muhammed. Oder ich habe zu viel gegessen.
– Musst du kotzen?
– Ja.
Ganz ruhig steht Jesús wieder auf und macht sich auf den Weg ins Bad. Muhammed fragt, ob er helfen kann, aber Jesús lehnt ab, schließt hinter sich die Tür. Muhammed zieht sich bis auf den Slip aus, holt eine Flasche Wasser aus der Küche, stellt sie neben das Bett. Als Jesús zurückkommt, macht er das Licht aus, drückt sich an die Wand, zieht sich seine Decke bis zum Kinn,
– Gute Nacht.
– Gute Nacht, Jesús.

Sie können beide nicht schlafen. Jesús liegt mit dem Rücken zu Muhammed, der wälzt sich hin und her, hört Jesús flüstern,

– Schläfst du?

– Hmhm.

In seine Decke eingewickelt dreht Jesús sich zu ihm. Muhammed schlägt die Augen auf; aus dem Grau heraus sieht Jesús ihn an. Sofort schließen sich die Lider wieder.

– Habe ich den Test bestanden?

– Was für einen Test, Jesús?

– Du hast mich deiner Familie vorgestellt. Oder deinen Freunden. Sind das nun deine Freunde, oder ist das deine Familie?

– Was macht das für einen Unterschied?

Kaum merklich rückt Jesús näher. Muhammed spürt seinen Atem im Gesicht. Sein Herz rast.

– Wenn ich Familie für dich bin, warum bist du dann so in Aufruhr, bloß weil ich neben dir liege, Muhammed?

Muhammed hat keine Ahnung, wie Jesús es geschafft hat, dass sie auf einmal unter einer Decke liegen.

– Mir ist nicht mehr kalt.

– Das merke ich, Jesús.

Muhammed weiß nicht, wohin mit sich. Jesús berührt seine Lippen und küsst ihn. Muhammed rührt sich nicht. Nach einer Weile ertappt er sich dabei, wie er mit einer Hand Jesús' Wirbelsäule hinabstreift. Jesús probiert's noch einmal; zaghaft erwidert Muhammed den Kuss. Ihre Vorsicht erhöht die Erregung. Muhammeds Hände wagen sich vor; überall Hände und Jesús forscht mit dem Mund. Ein Rausch, der Muhammed wie Träumen vorkommt, aber Jesús versteht sich darauf, ihn merken zu lassen, dass sie beide wach sind.

Sonne flutet das Zimmer. Muhammed dämmert im Halbschlaf. Jesús liegt hinter ihm, eine Hand auf seinem Bauch, auf ihr ruht eine Hand von Muhammed. Jesús dreht sich auf ihn, betrachtet sein Gesicht. Muhammed sieht verschwommen durch den Schlaf hindurch, ist für einen Moment verunsichert, aber unter seiner Haut beginnt es zu kribbeln, Jesús Augen zwei Scheinwerfer. Muhammed grinst. Jesús fragt, ob er nicht zur Arbeit muss.
– Wochenende,
stellt Muhammed fest,
– Was möchtest du machen, Jesús?
– Das machen wir gerade.

Die Sonne klebt wie ein Fleck auf einem ansonsten makellosen Blau. Eine leichte Brise treibt kleine Wellen mit glasigen Kämmen auf den Strand zu. Jesús hat den Kragen seiner Jeansjacke hochgeschlagen und die Kapuze über die Stirn gezogen. Muhammed wirft Steine ins Meer. Möwen kreisen über ihren Köpfen. Und brüllen vor Hunger, Liebe, Langeweile oder sonst was. Wenn eine auf Jesús zufliegt oder zuspringt, wirft er sich vornüber in den Sand. Muhammed lacht, also ändert Jesús die Taktik und stürzt sich auf das Federvieh, das träge ausweicht.
– Ich musste mal zur Erziehungskur nach Russland an die Ostsee. Da gab's Kampfmöwen, so groß wie Volleybälle. Die haben Geschwader gebildet und sind Attacke geflogen. Ich dachte, na gut, ist das halt das Ende. Aber sie wollten einem nur Angst machen.
– Erziehungskur, Jesús?
Jesús will nicht darüber reden, stößt einen schrillen Schrei aus und nimmt eine Körperhaltung an, die Muhammed an

Bruce Lee auf dem Plakat in seiner Küche erinnert. Dann vergräbt Jesús sein Gesicht in Muhammeds Daunenjacke, zieht ihm das Stirnband, das die Locken bändigt und die Ohren schützt, vor die Augen.

– Was ist, Jesús?

– Kalt.

Letzte Sonnenstrahlen halten die Zeit an. So lange, bis in den Häusern, Wohnungen, Geschäften und Gaststätten allmählich die künstlichen Lichter angehen, ein Innen wieder vom Außen trennen. Muhammed und Jesús haben sich auf dem Bett die Kissen und eine der Decken in die Rücken geschoben, lehnen, die Beine von sich gestreckt, gegen die Wand, sehen fern und essen Pizza. Jesús bietet Muhammed seine Reste an, hält ihm ein Stück vor den Mund.

– Willst du nicht mehr?

– Kann nicht mehr.

Muhammed schnappt zu; Jesús lässt los. Käsefäden verlangsamen den Absturz. Jesús leckt sich die Finger ab, stellt den Fernseher lauter, steigt aus dem Bett und steuert auf das Badezimmer zu.

– Was ist los?

– Bin gleich wieder da.

Muhammed regelt die Lautstärke wieder herunter, bringt die Pizzakartons in die Küche, will sich im Bad das Gesicht waschen, klopft an die Tür, erhält keine Antwort. Er drückt die Klinke; Jesús hat vergessen abzuschließen. Muhammed zieht sich der Magen zusammen, ihm stockt der Atem. Jesús kniet vor der Kloschüssel. Spuckefäden tropfen aus seinem Mund.

– Warum machst du das?

– Weil mir schlecht ist.

– Das glaube ich dir nicht.
– Ist aber so.
Jesús rappelt sich hoch, betätigt die Spülung, bleibt in die Ecke gedrängt mit dem Rücken zu Muhammed stehen. Der legt die Hände auf seine Schultern, will ihn in den Arm nehmen, aber Jesús krampft sich zusammen,
– Fass mich nicht an. Bitte. Bitte nicht.
Er windet sich unter der Berührung, setzt alles daran, Muhammed nicht angucken zu müssen.
– Kein Problem, Jesús. Ganz ruhig. Bin schon weg, okay? Bin weg.
Muhammed schließt hinter sich die Tür, lüftet das Zimmer, dimmt die Stehlampe hoch, leert den Aschenbecher, zieht sich ein T-Shirt und eine Jogginghose an, macht das Fenster wieder zu, setzt sich aufs Sofabett, schiebt die Füße unter die Decke, pult an den Nagelhäuten. Wartet auf Jesús.

Wie ein Rüssel hängt der Schlauch vor dem strombetriebenen, zweisitzigen Gefährt ohne Türen und führt über das Dach nach hinten in einen metallenen Kastenaufsatz. Muhammed lenkt es über Bürgersteige und Fußwege von Hundehaufen zu Hundehaufen, um die Hundehaufen aufzusaugen. Rupert sitzt neben ihm, hat nichts anderes zu tun, als ab und zu auf einen Haufen hinzuweisen, den Muhammed übersehen hat. Er behauptet, nach wenigen Minuten gewöhnt man sich an den Dauergestank, der aus dem angeblich luftdicht verschlossenen Kasten strömt. Aber Muhammed hängt der Geruch in der Nase. Trotzdem folgt er stoisch der Kotspur. Rupert unterhält sich selbst, verschafft sich Luft,

– Verkauf dich. Los, verkaufen. Speichel lecken. Fresse halten.
Er schiebt sich seine olivgrüne Schirmmütze in den Nacken. Muhammed zielt auf flüssigen Auswurf, hinterlässt dubiose Schlieren auf den Pflastersteinen. Rupert zeigt mit dem Finger auf Passanten; einige halten es für einen Gruß und winken.
– Das kann man vom Investor nicht verlangen, dass er eine Lieferung verlangt, die nicht den gängigen Vorstellungen und Erwartungen entspricht. Wir suchen nach dem Gängigen. Das ist das, was geht, Muhammed.
Muhammed hat keine Ahnung, worauf Rupert hinaus will.
– Wir wissen, wie das funktioniert, wir sind die Investoren. Bevor wir euch an unseren Tropf hängen, warten wir die Ergebnisse der Demoskopen ab. Demoskopie bestimmt, was ist. Und das geben wir dann in Auftrag. Dich hat man nie gefragt, Muhammed? Die Wahrscheinlichkeit ist aber zuverlässig. In irgendeiner Antwort oder Meinung wirst du schon enthalten sein. Auch wenn man dich dein Leben lang nicht fragt.
Muhammed lenkt auf eine ältere Dame und ihren Mops zu, der sich gerade entleert. Sowohl Frauchen als auch der Hund erschrecken sich vor Rupert oder dem Rüssel, der dem o-beinigen Tierchen gefährlich nahe kommt.
– Was genau ist eigentlich das Problem, Rupert?
– Denkst du nach, oder was? Liest du? Fragst du mich das wirklich? Wie alt bist du? Zwanzig? Was machst du? Was willst du machen?
Muhammed rumpelt über den Bordstein, fährt am verwaisten Campingplatz vorbei in Richtung Dienststelle. Rupert hängt sich aus dem Fahrzeug raus, reckt seine Faust in die Luft,

– Los! Wir schlagen jetzt sofort allen die Fresse ein. Wir sind vom Ordnungsamt. Wir dürfen Ordnung schaffen! Dann werden wir wenigstens als Gewalttäter in der Statistik geführt.

Sichtlich zufrieden nimmt er wieder Platz,

– Du siehst verändert aus, Muhammed. Es gibt einen Grund dafür, keine Widerrede.

Muhammed hält vor der Garage, weiß, Rupert kann nicht sehen, wie er errötet, weil sein Gesicht schon von der Kälte rot ist.

– Und deshalb willst du jetzt auch Feierabend machen, Muhammed. Willst unsere eingefahrene Ernte nicht entsorgen, richtig?

– Muss ich?

– Nicht wenn du mir verrätst, mit wem du dich triffst.

Jesús wartet beim Haupteingang zur Promenade, hat keine Lust Eintritt zu zahlen. Er raucht, die Hände in den fingerlosen Handschuhen, Kapuze über dem Kopf, ein Strahlen im Gesicht, als Muhammed vor ihm auftaucht. Sie schlendern durch die Fußgängerzone, wo Männer in blaugrauen Anzügen auf Leitern stehen und Weihnachtsschmuck entfernen. Jesús erzählt, dass er Hilda getroffen hat. Dass sie ihn überredet hat, mit raus zum Vogelschutzgebiet zu kommen. Jesús hat sie Schamsa genannt und gefragt, warum sie nicht fliegen kann. Dschanschâh, hat sie gesagt, mein Liebster, und dann hat sie ihm vorgeworfen, ihr Federkleid vergraben zu haben. Weil sie das Märchen von Dschanschâh und Schamsa aus Tausendundeiner Nacht kannte, ist er mitgefahren. Beim Rantumer Becken hat sie ein Stativ aufgebaut und ein Fernglas draufgeschraubt. Stand da in Gummistiefeln und Öljacke, während er beinah erfroren wäre. Die Eiderenten, die sie ihm gezeigt hat, haben ihm gefallen. Ihr Name leitet sich wie der des Flusses vom isländischen Gott Ägir ab. Das ist ein Meerriese, der Herr der Meere, oder besser, der Grauenhafte oder Schreckliche. Früher glaubten die Menschen, er käme nur aus seinem Unterwasserreich, um Schiffe und Besatzungen zu vernichten. Deshalb wurden ihm Gefangene geopfert. Für eine sichere Überfahrt. Hilda glaubt die Geschichte heute noch. Dafür mag er sie, sagt Jesús und tritt in Hundescheiße. Muhammed lacht laut auf, entschuldigt sich,

– Tut mir leid, Jesús. Den muss ich übersehen haben.

– Was soll das heißen, du hast den übersehen? Scheiße, wovon redest du?

Jesús flucht und hüpft auf einem Bein.

– Komm schon, Jesús. Ist doch nur Hundescheiße.

– Das halte ich nicht aus, ehrlich. Oh Mann. Verdammte Scheiße. Bitte nicht. Oh nein.

Jesús streift den Schuh ab, unter dem die Kacke klebt. Dann zieht er auch den anderen aus und entledigt sich zudem noch seiner Socken. Verlegen steht Muhammed daneben,

– Was machst du?

– Kannst du mich tragen?

Es ist mehr eine Aufforderung als eine Bitte. Ohne eine Antwort abzuwarten, springt Jesús auf Muhammeds Rücken, drückt mit den Schenkeln gegen seine Rippen und treibt ihn an. Muhammed amüsieren die schrägen Blicke der Leute, also trabt er los. Jesús dirigiert ihn in ein Schuhgeschäft. Sofort sieht die Verkäuferin sich nach Hilfe um, obwohl sie ganz allein im Laden ist. Muhammed setzt Jesús ab, der aus einem der Regale zielsicher einen Turnschuh nimmt.

Muhammed schlägt vor, sich lieber bei den Winterschuhen umzusehen, aber Jesús besteht auf dem Turnschuh, verlangt nach einem Paar in passender Größe, das die Verkäuferin widerwillig holt. Jesús setzt sich auf einen Hocker; die Frau fädelt die Schnürsenkel ein.
– Sind Sie sicher, dass die vor mir niemand anprobiert hat?
– Natürlich,
bestätigt die Verkäuferin indigniert, doch Jesús gibt sich noch nicht zufrieden,
– Bloß weil sie mit Papier ausgestopft sind, oder wie?
– Sonst wären die Senkel eingefädelt,
triumphiert sie und reicht ihm den rechten Schuh.
– Meinst du, ich soll ihr vertrauen, Muhammed?
– Ja, unbedingt.
– Na gut. Ich brauche aber noch Socken. Eingeschweißte.
Die Fachkraft will eine Packung in Plastik eingeschweißter Socken aufreißen.
– Ich mache das selbst,
fordert Jesús.
– Er macht das lieber selbst,
Muhammed nimmt ihr die Packung ab. Jesús streift die Socken über und probiert die Schuhe an,
– Passen.
– Dann möchten Sie die gleich anbehalten?
Sie hofft, diese Kundschaft endlich loszuwerden.
– Was meinst du, Muhammed? Soll ich sie gleich anbehalten?
– Musst du wissen. Besser wär's.
– Na gut, ich lasse sie an. Kann ich mit Karte zahlen?
Trotz mehrmaliger Versuche erkennt das Gerät zur elektronischen Zahlung Jesús' Geldkarte nicht an.

– Sie arbeiten wohl noch nicht lange hier, oder?
Die Verkäuferin runzelt die Stirn, gibt ihm die Karte zurück,
– Sie möchten dann bar bezahlen?
– Hast du so viel dabei, Muhammed? Ich geb's dir morgen wieder.
– Kein Problem.
Er zückt das Geld und drängt darauf, zu gehen. Zum Entsetzen der Verkäuferin bleibt Jesús in der Tür noch einmal stehen, sieht missmutig ins Grau, das allmählich vom Nachtblau übertüncht wird,
– Ich lasse sie an, aber eintragen möchte ich sie doch lieber erst zu Hause.
Muhammed nimmt ihn Huckepack. Vor der Kaufhalle treffen sie auf Erol, der mit einem Sechserpack den Wachmann unterhält. Jesús rutscht Muhammeds Rücken runter.
– Aber sonst ist alles klar bei euch, ja,
Erol mustert Jesús, der ihm ungeniert eine Filterzigarette abstaubt.
– Ich geh nachher mit ein paar Jungs vom Fußball ins Schwimmbad. Da ist heute Abend Discoschwimmen. Was ist, kommt ihr mit?
– Kann Schwimmbäder nicht ausstehen,
sagt Jesús. Erol grunzt, nimmt einen Schluck Bier, rülpst, bietet Jesús die Flasche an,
– Was ist mit dir, Muhammed?
– Mal sehen. Weiß noch nicht. Muss erst mal in die Schule.
– Alles klar,
verabschiedet Erol sie. Dann ruft er Jesús hinterher,
– Ich wette, du kannst nicht schwimmen, Jesús.
Ohne sich nach Erol umzudrehen, zeigt Jesús ihm den Stinkefinger,

– In öffentlichen Bädern kriegt man Pilze. Oder Chlorvergiftung.
Muhammed legt einen Arm um ihn,
– Kann es sein, dass du leicht paranoid bist, Jesús?
Ohne nach rechts oder links zu gucken, tritt Jesús auf die Straße. Muhammed verliert den Kontakt zu ihm. Jesús überquert unbeeindruckt von quietschenden Reifen und aufjaulenden Hupen die Fahrbahn bis zum Mittelstreifen, dem er dann wie einem Pfad folgt, ohne sich noch einmal umzusehen. Muhammed ruft ihm hinterher, hat selbst schon einen Fuß auf der Straße, als Erol ihm plötzlich von hinten auf die Schulter klopft,
– Ich hol dich nachher von der Schule ab, und wir gehen schwimmen, klar?
Jesús ist zwischen den Lichtern verschwunden.
– Ja, von mir aus.

Am nächsten Morgen trommelt es wild gegen die Wohnungstür. Muhammed, schon in voller Montur, öffnet mit der Zahnbürste im Mund. Jesús weigert sich einzutreten. Mit Schaum vorm Mund fragt Muhammed ihn, warum er gestern Abend einfach abgehauen ist.
– Gestern? Keine Ahnung. Du kannst heute nicht zur Arbeit, Muhammed.
– Warum?
– Wir gehen auf Walfang.
Muhammed wäscht sich das Gesicht, schnürt seine Stiefel zu, setzt sich eine rote Wollmütze auf, während Jesús ganz ruhig in der Tür stehen bleibt.

– Ich glaube kaum, dass Rupert das als Entschuldigung gelten lässt, Jesús.
– Dann sag ihm, wir befreien die Wale.
Jesús wedelt mit einer Tüte warmer Croissants vor Muhammeds Nase. Der streckt seine Hand danach aus und greift ins Leere.
– Ruf Rupert an, bitte. Unser Schiff legt in genau fünfundzwanzig Minuten ab. Unten, am Hafen in Hörnum. Wir müssen uns beeilen.

Jesús holt ein Hörnchen aus der Tüte, beißt ab und grinst. Muhammed kann nicht widerstehen,
– Warte.
Rupert fragt nicht nach, gewährt die Auszeit.

Die mäßige Brise kann ein dunkles, lückenloses Grau, das dicht über dem Meer hängt, vorerst nicht vertreiben. Der Bug des Ausflugsdampfers schneidet durch den Schaum der kleinen Wellen, die allmählich länger werden. Jesús steigt auf die zweite Sprosse der Reeling, Muhammed hinter ihm und vor ihnen eine Sandbank, die aussieht wie ein Ei, das aus dem Wasser guckt. Den Seehunden scheinen weder Wind noch Kälte etwas auszumachen. Sie lungern in Gruppen oder einzeln wie beim Sonnenbaden herum, ab und zu robbt einer ins Wasser, taucht unter, begibt sich auf Fischfang. Andere recken müde ihren Hals in Richtung der Ausflügler, die sich an ihrem Anblick erfreuen oder sich über sie lustig machen. Jesús drängelt Muhammed zum Innendeck,
– Da sieht man doch auch und kann was trinken.
Muhammed lässt sich überreden, obwohl ihm die verrauchte Luft und der Gestank von ranzigem Fett eigentlich unerträglich sind.

– Holst du was zu trinken, Jesús?
– Ich hab kein Geld.
– Warum hast du nie Geld?
Muhammed holt sich einen Orangensaft, Cola und Milchkaffee für Jesús, der Fensterplätze für sie ergattert hat.
– Tut mir leid wegen dem Geld, ehrlich. Ich geb's dir wieder. Nächste Woche geh ich arbeiten.
Jesús wärmt sich die Hände an der Schale mit Milchkaffee. Muhammed dreht ihm eine Zigarette,
– Wo gehst du denn arbeiten, Jesús?
– Weiß noch nicht.
Das Schiff kreist um die Seehundbank, auf dem Weg zur nächsten. Der Himmel reißt auf; ein verwaschenes Blau ersetzt das Grau. Um Muhammed und Jesús herum sind nur ein paar Kinder am Ausblick interessiert, kleben hinter den Scheiben und rufen. Die anderen Passagiere sind mit Kuchen, Schnaps und Pommes frites beschäftigt. Neben Jesús hält eine ältere Dame eine Bockwurst in der Faust und tunkt sie in Senf.
– Ich könnte meine Familie wegen einem Job für dich fragen.
– Ja. Mach das.
– Wirklich?
Muhammed ist misstrauisch, aber Jesús schon woanders,
– Wusstest du, dass Wasser blau ist?
– Wasser ist nicht blau, Jesús.
– Doch.
– Das ist nur der Himmel, der sich darin spiegelt.
Jesús' Augen fangen an zu leuchten; er zaubert wieder dieses unverschämte Grinsen auf sein Gesicht. Muhammed ist den Hitzewellen, die sich von seinem Bauch aus in Bewe-

gung setzen, hilflos ausgeliefert. Jesús fordert die Dame mit der Wurst auf, ihn rauszulassen, zerrt Muhammed am Ärmel nach draußen.

– Was los, Jesús?

– Ich will den Himmel im Meer sehen.

Völlig verfroren springen sie zusammen unter die heiße Dusche. Später sitzen sie am Küchentisch, essen zu Abend.

– Willst du einen Film gucken,

fragt Jesús, schiebt seinen Teller weg und dreht sich eine Zigarette.

– Ja. Worauf hast du Lust?

– Such du aus.

Muhammed löffelt einen Nussjoghurt,

– Ich habe deinen Geschmack noch nicht durchschaut.

– Ich mag, was du magst.

– Schwierig, Jesús.

Der zündet sich die Zigarette an, bietet an, abzuräumen, aber Muhammed bedeutet ihm, dass er nicht zu helfen braucht. Jesús steht auf, huscht zur Tür raus. Muhammed will ihn aufhalten, aber Jesús entkommt ins Bad. Muhammed stellt einen Fuß in die Tür, drückt sie auf. Jesús sieht ihn flehentlich an. Muhammed wagt nicht, ihn anzufassen,

– Bitte nicht, Jesús.

Jesús wirft die Kippe ins Waschbecken. Schweißtropfen perlen auf seiner Stirn.

– Darf ich? Bitte.

Muhammed streicht ihm über die Stirn. Jesús drückt den Kopf gegen die Kacheln, um der Berührung zu entkommen, schiebt sich an der Wand entlang zum Klo. Er zittert. Muhammed legt eine Hand auf seinen Bauch,

– Lass es mir zuliebe.

Jesús schlägt die Hand weg,

– Scheiße, was hat das mit dir zu tun!

Er hat Tränen in den Augen, dreht Muhammed den Rücken zu, kniet sich vor die Schüssel,

– Geh. Bitte.

– Ich kann aber nicht, Jesús.

Jesús überwindet die Scham, steckt sich einen Finger in den Hals, übergibt sich. Einen Moment ist Muhammed versucht, ihn alleinzulassen. Dann kniet er sich neben Jesús, drängt ihn zur Seite, beugt sich über die Schüssel und schiebt sich einen Finger in den Hals. Übergibt sich. Jesús wickelt Klopapier von der Rolle, gibt es Muhammed, der sich den Mund abwischt.

– Warum machst du das, Muhammed?

– Damit du hören und sehen kannst wie sich das anhört und wie das aussieht.

Erschöpft und sprachlos hocken sie sich gegenüber.

– Ich muss mich reinigen, weißt du. Das ist nicht einfach nur, damit ich nicht noch fetter werde.

Es bereitet Jesús Mühe zu sprechen; Muhammed lässt ihm die Zeit.

– Ich bin ein Auffanglager für Dreck. Ich muss den Dreck loswerden. Sonst bin ich ein Schädling, verstehst du. Schädlich für meine Umwelt. Deswegen muss ich mich reinigen. Das ist so, wie wenn ihr euch wascht, bevor ihr eine Moschee betretet. Da wollt ihr ja auch nicht einfach nur den Körper waschen. Da reinigt ihr doch eure Seele, bevor ihr dann vor euren Gott tretet, oder?

Muhammed kann nichts sagen.

– Ich habe das noch niemandem erzählt.

– Du bist aber nicht fett. Oder verdreckt. Und schädlich erst recht nicht. Im Gegenteil.
– Bin ich nicht?
– Bist du nicht.

Muhammed rafft sich auf, will sich waschen. Jesús zwängt sich neben ihn ans Waschbecken, schaufelt Wasser mit den Händen in sein und Muhammeds Gesicht. Der lässt sich das nicht einfach so gefallen, spritzt Jesús voll. Auf engstem Raum kämpfen sie lachend um die Wasserquelle, bis Jesús flieht. Muhammed tobt ihm hinterher, stellt ihn im Bett, unter der Decke. Er öffnet die Knöpfe von Jesús' durchnässtem Hemd, liebkost mit seinen Lippen, seiner Zunge den entblößten Bauch. Jesús tastet nach dem Dimmer und löscht das Licht.

Februar

Der Herd steht frei in der Mitte der Küche des Merhaba. Sechs Kochstellen, die mit Gas betrieben werden, daneben eine Arbeitsfläche mit Stauraum für Töpfe und Pfannen darunter. An drei Seiten des Raums sind weitere Arbeitsflächen, Schränke für Geschirr und Lebensmittel, eine Eistruhe, eine Spüle mit zwei Becken, eine Spülmaschine und zwei Kühlschränke. Das Fenster geht zum Hof raus, auf dem die Mülltonnen stehen und in dessen Mitte eine einsame Kastanie aufragt. Am Fenster steht ein kleiner Tisch mit zwei Stühlen. Dort sitzt Tufan oft, wenn nichts zu tun ist, sieht auf den Hof hinaus, der umrahmt wird von zehnstöckigen Appartementhäusern mit gelblichen, bröckelnden Fassaden, in die überdachte Balkone eingelassen sind. Den Himmel sieht man nicht. Tufan lehnt gegen die Spüle, hat die Arme vor der Brust verschränkt.

– Kannst du mit Messern umgehen?

Jesús zuckt mit den Schultern,

– Ja.
Tufan nickt,
– Gut. Du schneidest die Zwiebeln.
Von der Decke hängen Körbe mit Knoblauch, Zwiebeln, Chilischoten, Avocados, Bananen und Äpfeln. Tufan zeigt auf den Block, in dem die Messer stecken, aber er ist mit Jesús' Wahl nicht einverstanden, deutet auf das Messer, das er benutzen soll. Jesús schält die Zwiebeln, legt sie auf ein Schneidbrett auf der Arbeitsfläche beim Herd. Tufan verfolgt jede seiner Bewegungen,
– Nicht drücken. Hacken.
– Mach ich doch.
Jesús bemüht sich, die Zwiebel zu hacken. Es brennt in den Augen; Tränen laufen, beeinträchtigen die Sicht. Tufan nimmt ihm das Messer aus der Hand,
– Ich zeige es dir. Hier, so.
Tufan gibt an. So schnell, wie er das Messer führt, kann Jesús kaum gucken.
– Du musst dir Streichhölzer zwischen die Lippen schieben. Wegen der Augen. Der Schwefel schützt sie.
Jesús probiert es, versucht sich zu konzentrieren, obwohl Tufan ihn beobachtet.
– In die gelbe Schüssel,
weist der ihn an.
– Was?
– Die Zwiebeln, da, in die gelbe Schüssel.
Jesús schiebt die gehackten Zwiebeln in eine gelbe Plastikschüssel,
– Und jetzt?
– Tomaten.

Tufan holt aus einem der Kühlschränke eine große Tüte Tomaten, stellt sie vor Jesús, zeigt ihm, welches das Tomatenmesser ist.
– Und wie die jetzt?
– Würfeln.
– Müssen die nicht erst abgewaschen werden?
– Dann wasch sie ab.
Tufan reicht ihm ein Sieb; Jesús wäscht die Tomaten ab, dann beginnt er sie in Würfel zu schneiden, füllt sie in eine grüne Schüssel, die Tufan ihm hinschiebt.
– Beim Kochen ist jeder einzelne Handschlag entscheidend fürs Ergebnis, und darauf konzentriert man sich, Jesús. Alles andere wird unwichtig. Du musst nur eine Entscheidung treffen.

Jesús wird nervös. Tufan bemerkt es,
– Ich habe das nie akzeptiert, dass ich dienen soll. So wie meine Eltern. Die haben nur gedient, aber ich wollte immer was Eigenes. Ich bin Koch. Was hältst du von jemandem, der Koch ist, Jesús?
– Ist mir egal, was einer ist.
– Nein. Du denkst, das ist nur einer, der für mich Essen macht. Aber ich bin kein Diener. Ich bin ein König. Weil ich das so entschieden habe. Was ist mit dir?
– Was?
Jesús muss aufpassen, dass er die Tomaten zwischen seinen Fingern nicht zerquetscht.
– Keine Ahnung, was du willst, Jesús. Du kannst hier den Dreck wegmachen, oder du lernst was. Willst du was lernen?
– Von mir aus.
Jesús' Unbehagen wächst; er hat keine Ahnung, worauf Tufan hinauswill.

– Ich bin gut, weil ich das will, weißt du. Mir hat keiner was geschenkt, und jetzt macht mir keiner mehr was vor.
Jesús wischt sich Schweiß von der Stirn.
– Wenn ich dich so angucke, weißt du, was ich dann nicht verstehe, Jesús?
Jesús bekommt es mit der Angst zu tun,
– Was denn?
– Ich glaub nicht, dass es dir ernst ist.
– Keine Ahnung, was du meinst, Tufan.
– Nein? Ich kann's nicht leiden, wenn man mich verarscht.
Jesús schreit auf. Er hat sich in den Mittelfinger der linken Hand geschnitten, in die Kuppe, hat ein Stück der Kuppe abgeschnitten. Er hält die Hand von sich weg, starrt auf die Wunde, aus der das Blut quillt und auf die Tomaten tropft.
– Scheiße, verdammt,
Tufan ist wütend, weil er sich erschrecken ließ.
– Tut mir leid. War keine Absicht.
Jesús rührt sich nicht, kneift die Augen zusammen. Tufan zweifelt, sorgt sich um die Tomaten, zieht die Schüssel unter Jesús' Hand weg, der sie immer noch von sich streckt, wie etwas, das nicht zu ihm gehört.
– Keine Absicht, ehrlich.
Tufan wickelt ein schmutziges Handtuch um den Finger.
– Scheiße, Jesús. Was ist los mit dir.
– Ich bin wohl ungeschickt.
– Tanja!
Tufan ist hilflos. Das Blut sickert durch das Handtuch.
– Scheiße, Mann. Warum bist du so ungeschickt.
– Weiß nicht.
Jesús starrt auf den immer größer werdenden roten Fleck, wundert sich, weil er keinen Schmerz verspürt.

– Mann, was will mein Bruder bloß von dir.
– Keine Ahnung.
– Los, komm. Tanja soll sich darum kümmern.

Tufan schiebt Jesús aus der Küche, die Treppe hoch in die Wohnung,

– Tanja!

Bei ihrer ersten Begegnung stand Tufan am Straßenrand und Tufans Vater mitten auf der Straße und rief, mein lieber, lieber Sohn. Ein Vater, vor dem Tufan fliehen musste, als er dreizehn war. Ein Vater, dem eine Wohnung die Heimat zu ersetzen hatte, die sich in all den Jahren Schicht für Schicht abtrug und jede Form und Farbe verlor. Ein Vater, der vor lauter Fremdheit, trotz seines Glaubens, in den Alkohol geflüchtet war und sich zu Hause durch Schläge, die er Erziehung nannte, wieder ausgenüchtert hat. Um zu überleben, ist Tufan abgehauen und konnte keinem mehr in die Augen sehen, weil er seinen kleinen Bruder zurücklassen musste. Der hat ihm das nie vorgeworfen. Muhammed ist nichts passiert, weil der Vater all seine Angst und Wut schon an Tufan losgeworden war. Zehn Jahre später, Tufan war längst wieder zu seiner Familie zurückgekehrt, steht dieser Vater mitten auf einer Straße und ruft, mein lieber, lieber Sohn, streckt die Arme nach ihm aus, und Tufan, am Rand, weiß nicht, was tun, wohin, und die einzige, die nicht wegguckt, die stehenbleibt, ist Tanja. Selbst nur ein Stück Treibholz, das das Ufer nie erreicht hat. Ein Blick, eine zärtliche Geste und sie durfte endlich landen. Tufan hat sich an ihr festgehalten, nach nichts anderem hatte sie sich gesehnt. Bis heute hat er nicht mehr losgelassen.

– Tanja!

Alles in der Wohnung strahlt Wärme aus. Auf dem Boden liegen helle Berberteppiche, Bambusstühle stehen an einem runden Esstisch aus Birkenholz, auf dem Tisch ein Strauß Sonnenblumen in einer Terracottavase. Im Wohnzimmer zwei Rattansessel, die Bezüge aus honigfarbenem Leinen, so wie bei der Liegelandschaft vor dem Fenster. An den sandfarbenen Wänden hängen gerahmte Schwarz-Weiß-Fotografien von zerklüfteten Gebirgslandschaften und archaisch anmutenden Gestalten in Trachten. Tanja legt sich Schere, Kompresse, ein Fläschchen Jod, Mullverband und Tape zurecht. Sie säubert die Wunde mit einem feuchten Tuch, desinfiziert sie mit der Jodtinktur. Jesús beißt auf die Zähne,

– Du machst das ziemlich professionell, Tanja.

– Ich habe das mal gelernt.

Bei ihrem Großvater ist sie in die Lehre gegangen. Die Eltern haben sich früh für ein Leben in Spanien entschieden, sind in eine deutsche Kolonie an der Costa del Sol übersiedelt, wo sie ihre Kundschaft heute noch mit Schwarzbrot und Bierbrezeln versorgen. Für Tanja war da nie Platz. Lebte bei den Großeltern, die mit einem Kind nichts anzufangen wussten. Immer im Weg, pflegte Oma zu sagen. Unnütz, meinte der Opa, ein Allgemeinmediziner, und bildete die Enkeltochter gegen ihren Willen als Helferin aus. Seine Methoden waren rau, die Hände klobig. Musst dir deine Unterkunft, dein Essen schon verdienen; hast jahrelang umsonst bei uns gelebt, hieß es. Konnte die Finger nicht von den Patienten lassen, auch nicht als die Finger zitterten und er kaum noch etwas sah. Hat gedauert, bis Tanja Mut fand, einen eigenen Weg zu gehen. Es war Tufan, der ihr dabei geholfen hat. Er wollte sie, das reichte aus, um ihn zu wollen.

Dann dauerte es nicht lang, und sie konnten nicht mehr ohneeinander.

– Kennst du dich mit Erster Hilfe aus, Jesús?

– Mein Vater ist Arzt. Schönheitschirurg in so einer Privatklinik in der Schweiz. Das letzte Mal, als ich ihn gesehen habe, hat er mir ein Loch im Kopf zugenäht. An der Stirn. Da bin ich mit einem Tretauto gegen eine Mauer gefahren, weil ich die Augen zugemacht habe beim Fahren.

Tanja lacht, drückt vorsichtig die Kompresse an. Jesús zuckt zusammen,

– Willst du die Narbe sehen?

Tanja wickelt den Mullverband über die Kompresse um den Finger,

– Ja. Zeig.

Jesús schiebt sein dunkelblondes Pony zur Seite, tastet am Haaransatz nach besagter Stelle. Tanja beugt sich vor, kann nichts entdecken. Sie will selbst fühlen, aber Jesús zieht den Kopf zurück,

– Man sieht nichts, weil mein Vater ein echter Künstler ist. Ein Star, sozusagen, deswegen haben sie ihn in die Schweiz geholt. Ich sollte da in ein Internat, aber meine Mutter wollte das nicht.

– Warum?

– Sie hat da für sich in der Schweiz keine Zukunft gesehen.

Tanja schneidet den Mull ab, klebt das Ende des Verbands mit Tape an,

– So, das müsste gehen. Tut's sehr weh?

– Nicht schlimm.

– Ist nicht gut gelaufen, dein erster Arbeitstag, nicht wahr?

Jesús wird unruhig,

– Ich muss aber arbeiten.
– Es reicht, wenn du morgen wiederkommst.
– Nein. Ich muss heute was verdienen.
Er springt auf, greift seine Jacke und lässt Tanja ohne einen Gruß zurück.

Erol steht in einer feuerwehrroten Daunenjacke bei Muhammed im Zimmer und regt sich auf,
– Das Schwarze Loch, ehrlich. Ist dir klar, wie's einem geht, wenn der in der Nähe ist? Es geht einem genauso, wie er aussieht. Das absolute Dunkel, verstehst du?
Muhammed wirft die weinrote Tagesdecke über das Bett,
– Das ist nicht wahr, Erol.
Er ist müde, hat keine Lust auf dieses Gespräch, aber Erol lässt nicht locker,
– Die Wahrheit ist das Schwarze Loch. Absolut. Also, was ist jetzt. Kommst du mit was saufen, oder was.
– Nein!
Muhammed schließt seinen MP3-Player an den Verstärker, tut so, als würde er nach einem bestimmten Titel suchen. Erol steht noch immer mitten im Raum, eingepackt in seine Daunenjacke,
– Sag ich doch. Hab ich's nicht gesagt? Was ist los mit dir.
Als es läutet, geht Erol zur Tür, aber Jesús hat schon aufgeschlossen. Erol sieht ihm in die geröteten, verschwimmenden Augen und grinst,
– Na, Jesús, alles klar? Schön breit, oder was?
– Hallo, Erol.
Jesús schiebt sich an ihm vorbei; Erol bleibt in der Tür stehen,
– He, Muhammed, ich hau ab.

– Musst du nicht,
sagt Jesús auf dem Weg zur Küche.
– Wir sehen uns,
ruft Muhammed Erol hinterher, der die Tür ins Schloss wirft.
Jesús präpariert die Kaffeemaschine, stellt sie an, zieht sich Jacke, Schal, Schuhe, Wollpulli und Socken aus, immer darauf bedacht, seinen linken Mittelfinger zu schützen.
– He,
sagt Muhammed.
– He.
Jesús setzt sich zu ihm, rückt sich ein Kissen im Rücken zurecht. Muhammed nimmt seine Hand, betrachtet den verbundenen Finger,
– Was ist passiert?
Jesús erzählt seine Version des Vorfalls, während Muhammed eine Zigarette für ihn dreht.
– Er hätte mir fast den Finger abgeschnitten, ich schwöre. Ich meine, dein Bruder, der ist echt zum Fürchten.
Muhammed spielt mit der Fernbedienung der Stereoanlage herum.
– Was guckst du so, Muhammed? Habe ich was verbrochen?
Muhammed steht auf, setzt sich vor das Regal mit den CD's, sortiert, sucht,
– Du bist bekifft, oder?
– Bin ich nicht.
– Warum lügst du, Jesús?
– Mache ich nicht.
Muhammed sieht Jesús nicht an, legt eine CD ein,
– Gib es wenigstens zu.
– Was?

Jesús Stimme bebt. Er drückt sich ein Kissen vor die Brust, zieht die Knie zu sich heran.

– Vergiss es, Jesús.

Es fängt immer im Magen an, so etwas Unbestimmtes, das sich die verengte Brust hoch in den Hals kämpft. Im Hinterkopf entsteht ein Druck, der zur Stirn und in die Schläfen zieht, und dann ist es so, als würden die Muskeln in Armen und Beinen schwinden,

– Ich habe nicht gekifft.

– Guck dir deine Augen an.

– Klar! Jeder der rote Augen hat, ist ein Junkie.

Wütend drückt Jesús seine Zigarette aus. Muhammed setzt sich an den Schreibtisch, schaltet den Computer ein, immer noch auf der Suche nach der richtigen Musik,

– Ich kann's nicht leiden, wenn du kiffst.

– Ich habe aber nicht gekifft!

Fetzen von Stille, die Minuten füllen. Irgendwann sitzt Muhammed dann wieder Schulter an Schulter neben Jesús,

– Wohnst du jetzt eigentlich bei mir?

Jesús rückt von ihm weg,

– Wenn's dir zu viel wird, musst du es sagen, Muhammed. Dann gehe ich.

Kein Vorwurf, keine Drohung, er klingt ganz nüchtern.

– Nein, Jesús. Mir war das nur nie klar. Ich meine, wo hast du eigentlich bisher gewohnt?

Darüber haben sie nie gesprochen. Beide mögen es nicht, ausgefragt zu werden. Sie glauben daran, dass man die Dinge, die wichtig für den einen oder anderen sind, auch anders erfährt, irgendwann.

– Wird's dir zu viel?

– Nein.

Jesús geht in die Küche, holt zwei Becher Kaffee. Muhammed dimmt die Stehlampe runter, dreht den Schirm der Schreibtischlampe so, dass die Wand das Licht reflektiert.

– Wo hast du gewohnt, Jesús?

– Kennst du die Yachten, oben im Norden? In List, an den alten Kasernen vorbei, aber noch vor diesem Jahrmarktshafen.

– Ja.

Muhammed rollt für Jesús wieder Tabak in ein Papier.

– Ich spiele den Aufpasser für die Eigentümer, die nicht da sind. Dafür lassen sie mich auf ihren Kähnen wohnen. Aber ich mache das nicht mehr.

– Warum?

Muhammed schiebt Jesús die Zigarette zwischen die Lippen, zündet sie an.

– Weiß nicht. Keine Lust mehr für die alten, arroganten Säcke meinen Arsch hinzuhalten.

– Du machst was?!

Muhammed ist zu aufgebracht, um zu wissen, gegen wen sein Zorn sich richtet, gegen Jesús oder die alten Säcke. Jesús schmeichelt seine aufkeimende Eifersucht.

– Ich hab's nicht wörtlich gemeint, Muhammed. Es hat genervt, das war's. Warum ist das wichtig? Soll ich gehen?

– Wohin würdest du dann gehen?

Draußen tönt der Wind in den Fahnen.

– Was ginge dich das dann noch an?

Mit einem Mal hören sie das Flattern so laut, als wären die Fahnen im Zimmer gehisst.

– Wachmann Jesús. Schwer vorzustellen.

– Du glaubst mir nicht.

– Hast du gekifft?

Jesús springt vom Bett. Kaffee schwappt Muhammed aus seinem Becher auf die Hose. Jesús ist schon im Flur, zieht sich Jacke und Schuhe an.

– Wo willst du hin, Jesús?

– Los, komm mit.

Jesús nimmt die Treppe; Muhammed hetzt ihm hinterher, holt ihn erst draußen ein. Der Himmel hinter einem Netz aus Sternen. Jesús hält sich an Muhammed fest, der die Vespa Richtung Norden steuert. Niemand sonst ist unterwegs. In Wenningstedt und Kampen ist die Straßenbeleuchtung ausgefallen, dahinter leuchtet ohnehin nur noch der Mond. Die Kasernengebäude rechts und links vor dem Yachthafen sehen aus wie gestrandete U-Boote. Muhammed parkt bei der Schranke vor dem Steg, der zu den Booten führt. Die glasige Wasseroberfläche reflektiert das Mondlicht, tausendfach gebrochen durch die kleinen, kurzen Wellen, die die Yachten im gleichmäßigen Rhythmus hin- und herschaukeln. Jesús löst die Taue eines kompakten, sportlichen Boots, fordert Muhammed auf, mit an Bord zu kommen. Die Segel sind eingeholt.

– Der Kahn heißt Braver Räuber und gehört einem Fondsmanager der Kreissparkasse.

Ohne weiteren Kommentar zückt Jesús beim Cockpit auf dem Achterdeck den entsprechenden Schlüssel, startet den zehn PS starken Dieselmotor und manövriert das Boot ohne Licht aus dem Hafenbecken auf die offene See. Niemand bemerkt die Piraterie. Sobald sie sich in Schleichfahrt eine Seemeile vom Land entfernt haben, schaltet Jesús die Bordbeleuchtung ein, navigiert wie ein echter Kapitän, hält Kurs Nord-Nord-Ost, Richtung Dänemark.

– Wusstest du, dass Yacht von Jagen kommt? Also, auf was wollen wir Jagd machen, Muhammed?
– Wir könnten auch ankern.
– Du scheißt dir in die Hose, Muhammed.
– Ich dachte, du willst mir vielleicht die Kajüte zeigen.
Jesús stoppt den Motor, ankert, lotst Muhammed ins Deckhaus, führt ihn durchs Hauptschott über die Nasszelle zur Vorschiffskammer, die mit einem Doppelbett ausgestattet ist. Später machen sie es sich auf den gepolsterten Bänken im Decksalon bequem, der von einem Panoramafenster umrahmt wird. Jesús zaubert eine Flasche Rotwein hervor, entkorkt sie, füllt zwei Kristallkelche,
– Wovor hat dein Bruder eigentlich so eine Angst? Dauernd glaubt der, sich verteidigen zu müssen und startet dabei einen Angriff nach dem anderen. Das hat was mit dir zu tun, oder?
Muhammed dreht ihm eine Zigarette,
– Er denkt, er hätte mich früher mal im Stich gelassen. Ist abgehauen, weil mein Vater ihn verprügelt hat. Ich kann mich nur daran erinnern, dass ich nachts manchmal aufgewacht bin, weil Tufan geweint hat. Am nächsten Morgen habe ich dann die blauen Flecke und Schwellungen gesehen, aber er hat kein Wort deshalb gesagt. Mich hat mein Vater nie angerührt. Auch nicht, als Tufan weg war. Aber das hat Tufan damals nicht gewusst.
– Könnte man fast neidisch werden, so wie du behütet wirst.
– Weiß nicht. Manchmal denke ich, man sollte eher dich behüten, Jesús.
– Bist du mit mir zusammen, weil du dir Sorgen um mich machst?

– Nein.
– Dann sind wir also zusammen?
– Was denkst du denn, Jesús. Natürlich sind wir zusammen.
Jesús bekommt einen roten Kopf; Muhammeds Puls schlägt schneller. Es ist etwas anderes, wenn man es ausgesprochen hat.
– Dann wird es wohl Zeit, oder,
fragt Jesús nach einer Weile.
– Was meinst du?
– Ich stelle dich meiner Mutter vor. Wenn du magst.
Muhammed füllt Wein nach; sie stoßen an. Jesús lehnt sich an Muhammed.
– Es gibt drei Regeln, Jesús.
– Stellt die dein Bruder auf?
Jesús drückt die Zigarette aus. Die Wellen schwappen gegen den Rumpf. Vor dem Panoramafenster breitet sich Nebel aus.
– Nein. Ich stelle die auf.
– Und was sollen das für Regeln sein?
– Kein Kotzen. Kein Kiffen. Keine Lügen.
– Mache ich nicht.
– Versprochen?
– Versprochen.
Vor ihnen ertönt der langgezogene Ruf eines Nebelhorns. Jesús lacht,
– Das ist Ägir, der Furchtbare. Er kommt uns holen.
– Müssen wir das Signal nicht erwidern, Jesús?
– Damit Ägir uns leichter finden kann, oder was?
Muhammeds Geste ist eindeutig; Jesús gibt nach,
– Wie du willst. Aber Ägir entkommst du so oder so nicht.

Jesús holt den Anker ein, wirft den Motor an, wendet, hält Kurs auf den Hafen. Die warnenden Laute entfernen sich immer weiter, und Jesús steuert den Braven Räuber sicher durch den Nebel zurück zum Liegeplatz.

Muhammed kommt direkt von der Arbeit, hat noch seinen Overall, die Stiefel an. Er entschuldigt sich bei Jesús, dass er es nicht mehr geschafft hat, sich umzuziehen, aber Jesús ist das egal; er hat den Finger schon auf dem Klingelknopf. Eine Frau, Mitte vierzig, mit massigem Körper, kurzen, gescheitelten roten Haaren, Pausbacken und riesigen blauen Augen, die von künstlichen, getuschten Wimpern gerahmt werden, öffnet freudestrahlend die Tür.

– Muhammed, das ist Nicole, meine Mutter. Mam, das ist Muhammed.

Nicole schüttelt Muhammed die Hand. Silberne Armreifen klappern. Sie führt die beiden durch einen schmalen, dunklen Flur ins Wohnzimmer, wo eine Kaffeetafel gedeckt ist. Ein weißes Spitzentuch liegt auf dem Tisch, Teller und Tassen sind mit Blumenmustern bedruckt, um den Tisch stehen Stühle aus Kirschholz mit blaugrau gepolsterten Sitzen. Der Raum ist überfrachtet mit Möbeln, die nicht zusammenpassen. An den Wänden klebt hellblaue Textiltapete. Überall hängen oder stehen Bilder von Tänzerinnen im Tutu. Puppen mit Porzellanköpfen und Teddybären in allen Größen sitzen in Regalen, auf Kommoden, Ledersesseln oder einer kirschroten Plüschcouch. Nicole trägt eine Art Tunika aus auberginefarbener Seide, mit langen Ärmeln. Barfuß tänzelt sie zwischen Küche und Tafel hin und her, bringt Kaffee und Tee und fordert ihre Gäste auf, Platz zu nehmen. Jesús und Muhammed bekommen Pflaumenkuchen mit Zuckerguss aufgeladen, dazu Schlagsahne. Nicole bemüht sich um Konversation, aber Jesús ist nicht gesprächig. Muhammed gibt höflich Antwort, wenn er gefragt wird. Nicole streicht ihrem Jesús immer wieder über den Kopf. Mit den Augen verschlingt sie ihr Gegenüber; Muhammed fällt auf, dass sich dabei ihre Lider nicht bewegen.

– Soll ich deinem Freund aus der Hand lesen, Jesús?

– Lieber nicht, Mam.

Wieder fährt sie ihrem Sohn über den Kopf; die Armreifen klimpern dabei; der Sohn nimmt es hin.

– Das ist ihm schon immer unangenehm gewesen, wenn ich in die Zukunft gesehen habe. Du schämst dich für mich. War es denn wirklich immer so schlimm für dich, Jesús?

Nicole gibt einen weiteren Löffel Schlagsahne auf Jesús' kaum angerührten Kuchen. Muhammed bemerkt erst jetzt, dass sie lispelt.

– Sie müssen wissen, Muhammed, so heißen Sie doch, Muhammed? Ist das nun Schicksal oder Zufall? Sie müssen wissen, Muhammed, früher war ich eine Ballerina.

– Sie war in einer Volkstanzgruppe,

Jesús dreht sich eine Zigarette.

– Nein, nein. Gar nicht wahr, mein kleiner Prinz.

Der kleine Prinz bringt Muhammed zum Schmunzeln.

– Er erinnert sich nicht gern. Dabei hat er sein Talent von mir geerbt. Nehmt doch noch.

Nicole schiebt die Kuchenplatte Richtung Jesús.

– Iss, mein Junge. Dann wirst du groß und stark. Wie deine Mama.

Sie lacht und hält sich die Hand vor den Mund. Muhammed kann sich nicht von ihren beängstigenden Augen losreißen.
– Nehmen Sie noch Sahne, Muhammed. Ich darf Sie doch Muhammed nennen?
– Ja, klar.
Muhammed will sich gut benehmen, benutzt die Gabel.
– Möchten Sie wirklich nicht, dass ich Ihnen aus der Hand lese?
– Ich glaube, da steht gar nichts drin.
Gekonnt wechselt Nicole das Thema,
– Jesús kommt mich so selten besuchen. Die Ausbildung nimmt ihn zu sehr in Anspruch.
Jesús raucht, starrt ins Leere. Muhammed bemüht sich, Nicole seine Aufmerksamkeit zu schenken.
– Ich weiß gar nicht, wohin mit mir, wenn ich mich nicht um ihn kümmern kann.
Wieder lacht sie mit der Hand vor dem Mund schrill auf.
– An welcher Rolle arbeitest du zur Zeit, Jesús? Du hast mir gar nicht erzählt, wo ihr euch kennengelernt habt. Sind Sie auch Schauspieler, Muhammed? Jesús hat so viel Talent. Wir sind ja immer nur zu zweit gewesen, seit der Erzeuger vor uns und seinen Gläubigern über die Schweiz in den Sudan geflohen ist. Aber ich war eine gute Lehrerin. Das war ich doch, mein Kleiner?
Sie zwickt Jesús in die Wange, der auch das erduldet.
– Nun nimm doch noch. Ich habe dir extra deinen Lieblingskuchen gebacken. Und was machen Sie, Muhammed?
– Er macht Ordnung,
gibt Jesús für ihn Auskunft.

– Das klingt aber interessant. Zur Zeit tanze ich tatsächlich nicht mehr. Aber Jesús begleitet mich, so oft er kann, ins Theater. Wer einmal auf der Bühne stand, kommt davon einfach nicht mehr los.
– Sie meint ein Podest im Gemeindesaal von Tinnum.
– Jesús hat selbstverständlich nicht meine Gabe. Sie müssen verstehen, Muhammed, aus der Hand lesen zu können, ist eine Gabe. Ich blicke auch zurück. Ich entdecke Ihre verborgene Geschichte in Ihrer Hand. Möchten Sie nicht doch, Muhammed?
Muhammed schiebt seinen Teller von sich weg,
– Danke, aber ich kenne mich ganz gut aus in meiner Geschichte.
Nicole dreht immer wieder an einer goldenen Kreole, die ihr linkes Ohr durchsticht,
– Jesús hat das nie verstehen wollen, dass ich für ihn nützlich bin, dass es ein Vorteil ist, wenn man weiß, was einen erwartet. Gerade als Kind schützt es einen vor unliebsamen Erfahrungen. Meine Weissagungen haben dich beschützt, nicht wahr, Jesús? Du musstest keine Angst haben. Du warst ja immer auf alles vorbereitet.
Diesmal weicht Jesús den klappernden Armreifen aus,
– Ja, Mam. Du warst spitze, ehrlich. Aber wir müssen weiter. Ich wollte nur kurz Hallo sagen.
– Aber ihr seid doch gerade erst gekommen,
beschwert sich Nicole, doch ihre Enttäuschung über den plötzlichen Aufbruch wirkt gekünstelt.
– Ich packe den Kuchen ein, ja?
Muhammed winkt ab,
– Danke, das war wirklich schon reichlich.
– Aber für heute Abend noch ein Stück.

Jesús ist schon im Flur, und Muhammed folgt ihm. Nicole wird ihren Kuchen nicht los.
– Ihr wollt wirklich schon gehen?
Muhammed vermeidet es, Nicole zum Abschied die Hand zu geben,
– Ja. Wir müssen. Leider.
– Schade. Aber ich bin ja so froh, dass ihr euch kennengelernt habt. Auf Wiedersehen, Herr Muhammed. Bussi!
Nicole belässt es bei einem verbalen Kuß. Muhammed ist schon auf dem Weg nach unten,
– Hat mich gefreut,
ruft er noch zurück und bemerkt nicht, dass Jesús von Nicole zurückgehalten wird. Sie hat ihn am Arm gepackt und spricht leise auf ihn ein,
– Jesús, ich kann das nicht mehr machen. Ich kann nicht mehr deine Mutter spielen. Das war heute das letzte Mal.
Jesús starrt Nicole an, rührt sich nicht.
– Tut mir ehrlich leid, mein Kleiner, aber es ist einfach zu unheimlich, weißt du. Das ist einfach nicht gut, für uns beide nicht.
Jesús reißt seinen Arm los, ihm schießen Tränen in die Augen, aber Nicole lässt sich nicht erweichen,
– Du brauchst doch vor niemandem noch eine Mutter, selbstständig wie du jetzt bist. Lass uns das Theater beenden und Freunde bleiben, ja?
Ohne ein weiteres Wort zu verlieren, rennt Jesús die Treppe runter. Muhammed wartet vor dem Haus. Sie sind zu Fuß unterwegs, gehen Richtung Stadt. Jesús laufen die Tränen.
– Weinst du?
– Scheißwind. Ich hasse Wind. Muss sich vielleicht die Erde aufhören zu drehen, damit hier mal kein Scheißwind weht!

– Geht's dir gut, Jesús?
– Ist nur das Reizklima.

Schweigend gehen sie nebeneinander her; Jesús bestimmt das Tempo; Muhammed hält Schritt,

– Ich wollte vor der Schule noch zu Erol.

Abrupt bleibt Jesús stehen, die Hände in den Jackentaschen vergraben, angriffslustig,

– Was willst du da?

Muhammed möchte weiter.

– Nichts Besonderes. Besuch machen? Er ist mein Freund.
– Ich dachte, ich bin dein Freund.
– Er ist mein Kumpel, okay. Gehen wir weiter? Bitte.

Jesús rührt sich nicht,

– Also bist du lieber mit deinem Kumpel als mit deinem Freund zusammen?
– Das ist was anderes, Jesús.
– Ich kann ja zurück zu Mama.

Muhammed stellt sich ganz dicht vor Jesús, grinst,

– Lieber nicht.

Tufan steht am Herd, rührt in einem großen Kessel, schmeckt ab, nickt zufrieden, gibt Kreuzkümmel dazu und rührt weiter. Aushilfe Jesús muss die Spülmaschine leerräumen. Ein Berg Kartoffeln wartet darauf, geschält zu werden, aber immerhin steht Jesús nicht mehr unter ständiger Aufsicht.

– Tufan?

Tanja erscheint in der Tür.

– Was ist?
– Kommst du mal,

bittet sie ihn und geht wieder.
– Kommst du zurecht, Jesús?
– Ja,
sagt Jesús, ohne seine Arbeit zu unterbrechen.
– Kümmer dich um die Nudeln,
weist Tufan ihn an und folgt Tanja, die an der Kasse hinter dem Tresen Geld zählt,
– Ich kann es mir einfach nicht erklären. Ich habe die Abrechnung gemacht, aber es kommt immer wieder dasselbe raus. Es fehlen zweihundert Euro. Hast du sie vielleicht rausgenommen, Tufan?
– Was soll ich mit zweihundert Euro.
Als hätte Tanja ihn beschuldigt.
– Also nicht?
– Nein.
Muhammed, Rupert, Orhan und Hilda kommen zum Mittagessen ins Merhaba, begrüßen Tanja und Tufan, der Tanja die Geldscheine aus der Hand nimmt, sie zurück in die Kasse legt und die Lade schließt,
– Jesús! Hilfst du ihm bitte, Tanja?
Tufan setzt sich zu den anderen an den gedeckten Tisch. Tanja und Jesús bringen Schüsseln mit Spaghetti und Sauce.
– He, Jesús.
– He.
Jesús zwinkert Muhammed zu, der fragt,
– Alles klar bei dir?
Jesús setzt sich neben ihn,
– Alles klar im Traumjob.
Tufan hat ihn gehört,
– Stimmt was nicht mit deinem Job, Jesús?
– Nein, alles bestens.

Aber Tufan ist angestachelt,
– Bist du sicher?
Muhammed kennt den Ton, schaltet sich sofort ein,
– Was ist denn?
Rupert reicht Tufan die Schüssel mit der Sauce an, will ihn ablenken. Tufan stellt die Schüssel ab, ohne sich zu nehmen,
– Warst du an der Kasse, Jesús?
– Tufan, bitte,
Tanja ist beschämt, aber Jesús reagiert gelassen,
– Nein. Warum?
– Worum geht es denn überhaupt,
will Hilda wissen.
– Es fehlen zweihundert Euro,
klärt Tufan auf. Für ihn ist selbstverständlich, dass das Problem an diesem Tisch geklärt wird. Muhammed sieht besorgt, wie Jesús mit der Gabel auf die Nudeln einsticht. Tanja beschwichtigt,
– Ich habe mich wahrscheinlich nur verzählt.
– Man verzählt sich nicht um zweihundert Euro,
sagt Tufan so, dass klar ist, er duldet keinen Widerspruch mehr. Jesús wirft die Gabel auf seinen Teller. Auch Muhammed, dem es vorkommt, als hätte er die Stimme seines Vaters gehört, ist der Appetit vergangen,
– Bist du bescheuert, Tufan?
Alle halten inne, wissen, so darf er nicht mit seinem Bruder sprechen, aber Tufan belässt es bei einer Ermahnung,
– Pass auf, was du sagst, Muhammed.
Muhammed weiß es genau,
– Du kannst ihn doch nicht einfach so beschuldigen.
– Halt dich da raus,
fährt Tufan ihn an. Rupert geht dazwischen,

– He, jetzt beruhigt euch mal. Das wird sich schon finden.
Tufan ist von seinem Verdacht nicht abzubringen,
– Er soll es wenigstens zugeben.
– Ich war's aber nicht,
beteuert Jesús kaum hörbar; jede Farbe ist aus seinem Gesicht gewichen. Muhammed heftet seinen Blick auf Tufan,
– Du hast es gehört. Er war's nicht. Also lässt du ihn jetzt in Ruhe,
sagt er mit fester Stimme. Tufan kann nicht länger hinnehmen, dass Muhammed vor den anderen gegen ihn Partei ergreift,
– Rede nicht so. Nie wieder, hörst du. Ich will nicht, dass er weiter hier arbeitet. Das war's. Kein Wort mehr.
Muhammed hält dem Blick nicht stand. Orhan wagt als Einziger sich jetzt noch einzumischen,
– Tufan, wir können das anders klären.
– Wieso? Ich hab's geklärt.
Tufan widmet sich unbeeindruckt den Nudeln auf seinem Teller. Jesús springt auf, wirft dabei beinah den Tisch um,
– Ich war's nicht,
brüllt er und rennt raus. Hilda ruft ihm hinterher; Muhammed kann nicht mehr an sich halten,
– Du bist so ein Arschloch, Tufan. Ob's dir passt oder nicht, das ist mein Freund, den du hier fertigmachst.
– He, Muhammed, halt dich zurück,
ermahnt ihn Orhan streng, damit die Situation nicht weiter eskaliert. Muhammed will nur noch raus. Tufan befiehlt ihm, sich wieder hinzusetzen.
– Du kannst mir überhaupt nichts mehr.
Muhammed ist voller Verachtung, packt sich Jesús' Jacke, zieht sie an, seine Daunenweste darüber.

– He, Mo, beruhig dich doch. Tufan, bitte.
Sie beachten Tanja nicht. Tufan ist zwischen Orhan und Tanja eingeklemmt, kommt nicht raus. Er ballt die Fäuste, schlägt auf den Tisch,
– Was ist los mit dir, verdammt! Was willst du überhaupt von dem?
Muhammed ist schon fast draußen,
– Das geht euch einen Scheißdreck an. Warum lasst ihr uns nicht einfach in Ruhe!
– Ich finde das furchtbar. Hört doch auf zu streiten,
fleht Hilda. Hilflos ruft Tufan Muhammed hinterher. Nur Tanja bemerkt seine glasigen Augen. Orhan legt einen Arm um seine Schultern,
– Es reicht, Tufan.
Draußen startet Muhammed die Vespa und rast los. Tufan stiert vor sich hin, begreift allmählich, dass er zu weit gegangen ist, kämpft darum, seine Wut und seine Scham zu verbergen. Rupert sorgt sich, will aufbrechen,
– Ich gucke mal, ob ich ihn finde.
– Er hat mich provoziert. Er weiß genau, dass ich ausraste, wenn er mich provoziert,
platzt es aus Tufan heraus.
– Er hat dich nicht provoziert, Tufan,
Tanja trinkt einen großen Schluck Rotwein.
– Doch. Hat er,
aber Tufan überzeugt nicht einmal sich selbst.
– Das schöne Essen,
Hilda hat sich ihre Mittagspause anders vorgestellt.
– Ich will nicht, dass Jesús hier arbeitet. Er hat einen schlechten Einfluss. Ich schwör's.
– Du musst dich bei den beiden entschuldigen, Tufan.

– Wie denn?
– Entschuldige dich,
Tanja duldet keine Ausrede.
– Das kann ich aber nicht,
sagt Tufan.

Muhammed jagt durch die Marsch im Osten der Insel; der knatternde Auspuff der Vespa schreckt die grasenden Kühe auf. Erst wollte er Jesús suchen, aber jetzt ergibt er sich einfach dem Rausch der Geschwindigkeit, holt alles aus dem frisierten Motor raus, will nicht mehr denken müssen, aber es rattert unaufhörlich in seinem Kopf. Muhammed schwenkt nach Norden, schneidet durch die engen Kurven der Dorfstraße von Munkmarsch und biegt in einen Feldweg ein. Das Hinterrad dreht durch, Schlamm spritzt auf; er würgt den Motor ab. Die Maschine kippt zur Seite. Muhammed lässt den Lenker los, springt weg; die Maschine fällt. Er rennt auf einen Kiefernhain zu, keucht, Spucke fliegt aus seinem Mund; die Lunge brennt. Er erreicht das Wäldchen, verlässt den Pfad. Zweige schrammen sein Gesicht. Er ändert die Richtung, überquert eine Straße ohne nach rechts und links zu gucken. Auf der anderen Seite ein Dickicht von Wilden Heckenrosen, Hagebuttensträuchern, dornigem Ginster, kahlem Gestrüpp. Muhammed schürft sich die Haut an den Händen auf, sein Herz trommelt gegen die Brust. Total verausgabt fällt er auf die Knie, ringt nach Atem, spürt dem Schmerz nach. Macht sich im hereinbrechenden Dunkel auf den Heimweg. Hofft, dass Jesús dort auf ihn wartet.

Eine blaue und eine grüne Birne glühen schwach in der Stehlampe. Jesús weiß nicht, seit wann, wie viele Joints er schon

geraucht hat. Er zerkrümelt den letzten Rest Gras über dem Tabak, dreht die Mischung in ein großes Zigarettenpapier ein, raucht. Zum ersten Mal bemerkt er, dass die moosgrüne Auslegware braun gemasert ist, und er wird nur deshalb darauf aufmerksam, weil die grünen Fasern nach den braunen züngeln. Jesús wird schwindelig. Er kneift die Augen zusammen, reißt sie wieder auf. Vor ihm liegt eine Rasierklinge, die er aus dem Spiegelschränkchen im Bad genommen hat. Jesús hat noch nie gesehen, dass Muhammed, der nur einen Flaum unter dem Kinn und über der Oberlippe hat, sich rasiert. Jesús' eigener Bart wächst so langsam, dass die Stoppel auch nach Tagen noch Mitessern gleichen. Jesús drückt den Stummel aus, öffnet das Fenster, entleert den Aschenbecher in die Luft, schließt das Fenster wieder und spiegelt sich im Fensterglas. Er ohrfeigt sich, löscht das Licht. Sterne funkeln im Schwarz, das jetzt den Fensterrahmen ausfüllt. Jesús sitzt in einem der grünen Sessel und dreht die Klinge zwischen den Fingern. Ritzt Zeichen in die Haut; achtet darauf, die Ader nicht zu verletzen. Spürt ein leichtes Brennen, einen warmen Rinnsal, der den Unterarm hinabrinnt. Am Fenster wandert der Mond entlang.
– Kismet,
flüstert Jesús, als er hört, wie sich im Schloss der Wohnungstür ein Schlüssel dreht.

Wortlos wickelt Muhammed weißen Mull um Jesús' Unterarm.
– Ich wollte mir deinen Namen in die Haut ritzen.
– Seit wann bist du Analphabet, Jesús?
– Ich würde mich nie umbringen, ehrlich. Aber ich muss immer an den Tod denken. Dass der hilft.

– Wobei?
Muhammed bindet die Enden zu einem Knoten zusammen.
– Na, weil's dann endlich aufhört. Dann muss ich auch nicht mehr an ihn denken. Ist einfach immer bei mir, ob ich will oder nicht. Bum Bum Bum, ich bin der Tod.
Muhammed fällt es schwer zu schlucken,
– Warum hast du nie etwas gesagt?
– Macht einen nicht gerade attraktiv, oder?
– Du machst mir Angst, Jesús.
Muhammed zupft an den Enden des Verbands. Jesús lacht,
– Ich dachte, Türken haben keine Angst.
– Ich habe eine Scheißangst.
– Musst du aber nicht.
– Muss ich nicht?
Sein eines Bein ist eingeschlafen, aber Muhammed wagt kaum, sich zu rühren, weil er nicht möchte, dass Jesús auch nur einen Millimeter von ihm weicht.
– Ich pass doch auf dich auf, Muhammed.
Muhammeds Herzfrequenz erhöht sich,
– Warum passt du dann nicht auch auf dich auf, Jesús?
– Mache ich. Versprochen.
Muhammed muss sein Bein befreien, sofort sucht sich das gestaute Blut seine Bahn, verursacht Schmerzen wie ein Stromschlag.
– Verzeihst du mir,
fragt Jesús unsicher.
– Ja,
sagt Muhammed. Irgendwann greift er nach der Fernbedienung, stellt den Fernseher an, zappt durch die Kanäle, bis er bei einer Nachrichtensendung landet.
– Mach das weg.

Jesús schlägt, ohne zu treffen, nach der Hand, in der die Fernbedienung liegt.

Muhammed trinkt in der Küche ein Glas Milch. Der rote Streifen am Horizont und der verblasste Mond darüber versprechen einen schönen Tag. Jesús ist auch aufgestanden, steht nackt im Flur vorm Spiegel. Muhammed schnürt sich in seinem Rücken die Stiefel zu,

– Ich muss los, Jesús.
– Hässlich.
– Wie, hässlich?

Muhammed greift sich seinen Helm, küsst Jesús auf den Nacken.

– Alles Dreck,

Jesús Augen röten sich. Seine Finger kneifen blitzartig in die Arme, die Brust. In die Hüften, die Oberschenkel. Wollen das Fleisch herausreißen. Muhammed spürt, wie ihm der Schweiß rinnt, bleischweres Pochen in den Schläfen. Er blickt auf Jesús' schmalen Körper. Unter der weißen Haut scheinen bläuliche Äderchen hervor. Muhammed berührt Jesús' Schultern. Unter seinen Händen spannen sich die Muskeln an. Jesús windet sich, schließt die Augen, kann nicht vor und nicht zurück. Muhammed gibt nicht auf. Sie haben beide keine Ahnung, wie lange sie so stehen. Muhammed kämpft mit Schwindelgefühlen, will nicht, dass Jesús dem Anblick im Spiegel ausweicht. Streichelt ihn, flüstert ihm zärtlich in die Ohren, vergisst zur Arbeit zu gehen.

– Tut mir leid, Rupert. Bin krank. ... Was? ... Ja, so grippemäßig. ... Dann gehe ich zum Arzt, klar. Sonst bin ich morgen wieder da. Sorry, dass ich nicht angerufen habe ... Okay. Danke.

Mit schlechtem Gewissen legt Muhammed den Hörer auf. Jesús ist in der Küche, hat Muhammed verboten, reinzukommen, weil er ihn überraschen will. Wasser kocht; Jesús reißt eine Tüte Nudeln auf, schüttet sie hinein, macht den Deckel auf den Topf, ohne die Temperatur runterzuregeln. Er erhitzt eine andere Herdplatte, gießt Öl in eine Pfanne, schmeißt Speckwürfel dazu. Das Nudelwasser lässt den Deckel tanzen, schäumt unter dem Rand hervor, verdampft mit lautem Zischen auf der Herdplatte. Jesús schüttelt Ketchup zum Speck in die Pfanne, rührt und gießt das Gemenge mit Wasser auf. Die Fensterscheibe ist beschlagen, Kondenswasser sammelt sich auf der Leiste, tropft auf die Fensterbank. Jesús raucht, rührt in der Pfanne, rührt im Topf, sucht nach einem Sieb und gießt die Nudeln ab, die zu Brei zerkocht sind. Besteck liegt schon auf dem Tisch; Jesús verteilt Nudeln und Sauce auf zwei Teller, setzt sich und ruft stolz,

– Essen ist fertig!

Der Anblick bestätigt den Geruch, der durchgedrungen war. Muhammed lässt sich nicht abschrecken, probiert, ist fasziniert,

– Wie nennt sich das Gericht?

– Essen.

Jesús trinkt Cola.

– Das kann man aber nicht essen.

Muhammed betrachtet seine gefüllte Gabel, die den Weg zum Mund nicht findet.

– Wieso?

– Probier.

Jesús raucht lieber,

– Das ist das Lieblingsessen von meinem Vater.
– Vielleicht, weil er nicht kochen kann.
Muhammeds Gabel plumpst auf den Teller.
– Natürlich kann er kochen.
– Pizza-Taxi,
fordert Muhammed, aber Jesús kennt keine Gnade,
– Es wird gegessen, was auf den Tisch kommt.
– Okay.
Muhammed rührt sich nicht.
– Iss,
befiehlt Jesús; Muhammed beugt sich,
– Schon gut.
Es ist die einzige Chance, Jesús dazu zu bringen, selbst zu essen. Es ist ein Spiel, dass sie schon länger spielen. Muhammed führt eine Gabel, einen Löffel, oder nur die Hand zum Mund, und Jesús macht es ihm nach. Und wenn Muhammed vorher noch einen Looping in die Luft schreibt, folgt Jesús der Bewegung, und je mehr Aufwand betrieben wird, bis ein Bissen auf der Zunge landet, desto größer die Chance, dass Jesús vergisst, dass es sich um Nahrung handelt. Dann wird synchron gekaut und geschluckt, und Jesús freut sich, behält es drin. Nur gab es bisher kein Gericht, das nach einem Jesúsvaterrezept zubereitet wurde. Aber Muhammed ist tapfer, Gabel für Gabel, und Jesús isst mit. Später folgt Muhammed ihm ins Bad. Das musste er schon lange nicht mehr.
– Bitte,
sagt Jesús ohne Not, mehr in Erinnerung an die Gewohnheit.
– Nein.
– Aber ...

– Nein.
– Und wenn wir danach was essen, was ich drinbehalte?
Muhammed hat gelernt, standhaft zu bleiben,
– Nein. Weißt du, was das bedeutet, nein?
– Nein.
Jesús will sich hinknien, aber Muhammed hält ihn.
– Ich lasse es nicht zu, Jesús. Keine Chance.
Jesús versucht ohne Erfolg seine Arme freizubekommen; Muhammed hebt ihn in die Luft, schleppt ihn raus, und Jesús strampelt,
– Das ist unfair. Du bist viel stärker.
– Dann geh trainieren.
Muhammed wirft ihn aufs Sofabett. Jesús springt wieder raus,
– Mach ich auch.
– Gut. Mach das.
Sie stehen voreinander; Jesús täuscht eine Bewegung nach links an, um rechts vorbeizukommen, aber Muhammed ist schneller. Jesús hat alle Mühe, seine Protesthaltung zu bewahren, rennt wie ein Rugbyspieler mit den Schultern nach vorn gegen Muhammed, setzt einen Ringergriff um seine Hüften an, will ihn umreißen, und sie stürzen beide, weil sie sich nicht mehr halten können.

Am nächsten Morgen hat sich Jesús Platz geschaffen, Klamotten, Flaschen, Zeitschriften, Gläser, DVD-Hüllen, Bücher und Aschenbecher aus dem Weg geschoben. Die Sonne scheint durch das geschlossene Fenster auf Muhammed, der noch nicht aufgestanden ist, mit einer Decke um die Schultern an der Wand lehnt. Im gleißenden Licht wirbeln scheinbar schwerelose Staubkörner. Jesús keucht. Er hat nur

Muhammeds Fußballshorts an und übt Liegestütz. Muhammed löffelt einen Joghurt und zählt mit,
– Einundzwanzig, zweiundzwanzig ... komm schon!
Jesús macht schlapp, liegt mit von sich gestreckten Armen flach am Boden,
– Ich brauche Nahrungsergänzungsmittel. Kreatin.
– Das ist Doping, Jesús. Du fliegst auf.
– Egal.
Jesús posiert vor Muhammed, tastet Arme, Bauch und Brust ab,
– Sieht man schon was?
Die Türklingel schrillt. Jesús Blick hetzt von Muhammed zur Tür und zurück. Er sucht nach einer Hose, einem Sweat-Shirt. Muhammed ist schon bei der Sprechanlage. Erol meldet sich.
– He, Erol, was gibt's?
– Was machst du?
– Bin krank.
– Los, mach auf. Ich frier mir den Arsch ab.
– Ich bin aber krank.
Erol will sich nicht abwimmeln lassen,
– Scheiß auf krank. Mir doch egal. Mach auf.
– Mir geht's beschissen, ehrlich. Ich schlafe nur.
– Das glaube ich dir nicht.
Muhammed hört Erol gegen die Tür treten.
– Ich rufe dich an, wenn's mir besser geht. Versprochen.
Muhammed löst den Finger von der Sprechtaste. Erol klingelt Alarm. Jesús wartet in der Küche mit Milchkaffee, hat für Muhammed die Milch aufgeschäumt.
– Training schon beendet, Jesús?
Jesús stiert auf Muhammeds drahtigen, athletischen Körper,

– Ich mache nur Pause.
Er zündet sich eine Zigarette an, und Muhammed reißt das Fenster auf.
– Wir können raus, wenn du magst, Muhammed.
– Rupert darf mich nicht sehen.
– Dann weichen wir ihm aus.
Sie fahren über die Felder bei Keitum, trotzen dem starken Wind, der die Bäume in heftige Bewegung versetzt, Muhammed als Windschutz für Jesús. Die Pferde auf den Koppeln stehen wie Denkmäler unter ihren wehenden Mähnen. Der Himmel ein ungetrübtes Blau, so blau, dass es wehtut. Als der Weg hinter Morsum endet, es keine Abzweigung nach rechts oder links gibt, stellt Muhammed den Motor aus, legt die Vespa lieber gleich hin, weil sie sich auf ihrem Ständer nicht halten würde. Vor ihnen läuft ein Wall aus klobigen Steinen direkt auf den Horizont zu, führt die gedachte Linie des Schotterpfads fort, auf dem sie gekommen sind. Sie erklimmen den Wall, hinter dem Eisenbahnschienen verlaufen. Jesús will auf dem Gleis weiter in Richtung Küste; Muhammed folgt ihm. Die Schienen führen auf den Damm, der die Insel mit dem Festland verbindet. Muhammed zieht Jesús vom Gleis, als von weitem eine Diesellokomotive zu hören ist. Sobald der Zug passiert hat, setzt Jesús sich auf eine der Schwellen, sieht ihm hinterher und dreht sich eine Zigarette. Muhammed zündet sie mit seinem Sturmfeuerzeug an. Der Wind flaut ab. Sie blicken aufs Meer, das vom Bahndamm durchschnitten wird.
– Bist du oft auf dem Festland, Muhammed?
– Noch nie gewesen.
Jesús prustet ihm Rauch ins Gesicht,
– Das ist nicht dein Ernst.

– Was soll ich da? Ich bin hier zu Hause. Keine Lust, ein Fremder zu sein.
– Wie und wo willst du denn Landschaften gestalten, wenn du gar nichts anderes kennst als das hier?
– Ich hab Zeit, Jesús. Irgendwann gehe ich vielleicht.
Über ihnen kreischen die Möwen. Muhammed legt eine Hand auf das rostige Metall der Schiene, um zu prüfen, ob es vibriert. Jesús schnipst seine runtergebrannte Zigarette weg,
– Bin schon tausendmal abgehauen.
– Und bist immer wieder zurückgekommen.
– Ja.
– Warum,
will Muhammed wissen.
– Keine Ahnung.
Die Sonne hat zum Sinkflug angesetzt; Rosa mischt sich ins Blau. Aus dem Nichts hängen auf einmal riesige, schwarze Wolken mit zerfetzten, gelben Rändern dazwischen, aus denen Sonnenstrahlen wie die Lamellen eines Vorhangs fallen. Im Minutentakt wechselt das Licht zwischen hell und dunkel hin und her.
– Komisch, dass wir uns nicht früher begegnet sind.
– Guck mich an, Muhammed. Ich bin unsichtbar.
Aus dem Abendrot rieselt Schnee.
– Vielleicht fahren wir mal zusammen rüber, Jesús.
– Ja. Für dich wird's höchste Zeit.
Zwei weiße Augen kommen ihnen entgegen und werden immer größer.

Die Fahnenstangen auf dem Parkplatz vor dem Fenster schwanken und knarzen; das Tuch steht im steifen Wind, der gegen die Scheiben drückt. Muhammed läuft unruhig durchs Zimmer, telefoniert mit Rupert. Die Küchentür steht offen; Jesús trinkt Kaffee, raucht, lauscht.

– Nein, Rupert, Entschuldigung. Hab vergessen mich zu melden. Ist eine Angina oder so was ... Seitenstrangangina, genau ... Ja, ich war beim Arzt ... Wieso Krankschreibung? ... Ach so, ja, klar ... Ja. Nein. Habe ich nicht dran gedacht ... Ja, reiche ich nach. Kein Problem. Wird schon besser, ehrlich ... Brauchst du nicht ... Nein, ich melde mich. Danke, Rupert.

Zerknirscht setzt sich Muhammed zu Jesús. Der holt aufgebackene Croissants aus dem Ofen. Muhammed rührt in seinem Milchkaffee. Jesús hat die Milch aufgeschäumt, bestreicht sich ein Croissant mit Kirschmarmelade,

– Du hast ihn angelogen.

Muhammed sieht Jesús in sein Croissant beißen, die rote Marmelade schmiert ihm um den Mund.

– Warum lügst du ihn an?

– Habe ich eine Wahl? Was soll ich sagen?

Muhammed zerreißt ein Hörnchen, tunkt eine Hälfte in seinen Kaffee.

– Dass du nicht kommen kannst, weil du mit mir zusammen bist.

Jesús schraubt den Deckel vom Nutella-Glas ab, taucht ein Messer ein, dreht es, zieht es heraus und schiebt es sich zwischen die Lippen, leckt die Klinge ab.

– Das wird Rupert hundertprozentig überzeugen, Jesús.

Muhammed wirft das labbrige Croissant auf den Teller, hat keinen Appetit.

– Warum gehst du dann nicht zur Arbeit, Muhammed?
Jesús' roter Mund hat braune Schokoladentupfer.
– Weil ich es gerade nicht auf die Reihe kriege?
– Ich dachte, weil du mit mir zusammen bist.
– Sage ich doch.
Jesús denkt nicht daran, sich den Mund abzuwischen,
– Hast du nicht gesagt.
– Jesus?
Und der Blick dazu bedeutet, dass es für beide besser ist, wenn Jesús jetzt den Mund hält.
– Was?

Jesús hat für Muhammed ein Programm heruntergeladen, mit dem man virtuelle Landschaften entwerfen und die 3-D-animierten Nachbildungen der Originale umgestalten kann. Sie befinden sich gerade in einem Dreiländereck. Jesús plant die Städte Basel, Mulhouse und Freiburg zu einer zu verknüpfen. Er erzählt etwas von Freiflächen sowohl im ländlichen als auch im urbanen Raum, phantasiert über dynamische Vegetation. Mit einer solarbetriebenen Schwebebahn fahren sie das von Jesús konstruierte Gelände ab. Jesús bedient die Maus und erklärt Muhammed die Funktionsweise der raubkopierten Software.
– Schon toll, was man ohne Hauptschulabschluss alles wissen und machen kann, Jesús. Du verschleuderst dein Talent.
– Wieso? Ich fördere den Nachwuchs.
Als es klingelt, zuckt Jesús zusammen. Tanja steht in einem braunen Mantel vor der Tür, hat einen Korb voller Früchte, Lebensmittel und Getränke dabei. Muhammed öffnet die Tür einen Spalt breit – die Sicherheitskette liegt noch davor.
– Hallo, Mo. Lässt du mich rein?

Muhammed ist überrumpelt,
– Ich weiß nicht. Ich meine, ja. Klar. Warte.
Er löst die Kette, und sie tritt ein.
– Hallo, Tanja.
– Keine Sorge, ich bleibe nicht lange. Ich wollte nur kurz sehen, wie es dir geht.
Überall liegen Klamotten, Bücher, Zeitschriften herum, dazwischen tanzen Wollmäuse mit jedem Luftzug. Jesús hat sich ins Bett verkrochen. Tanja steht noch im Mantel mit dem Korb im Zimmer,
– Hallo, Jesús,
begrüßt sie ihn ohne Verwunderung.
– Hallo.
– Hat Mo dich angesteckt?
Es ist das Naheliegendste.
– Willst du Tee,
bemüht sich Muhammed, die Situation zu entkrampfen, aber Tanja ist ohnehin entspannt, will in die Küche,
– Ich kann welchen machen. Leg dich ruhig wieder hin.
Muhammed kommt ihr zuvor,
– Nicht nötig. Ich mach schon.
Er lehnt die Tür an, will nicht, dass sie die Stapel dreckigen Geschirrs sieht. Jesús weiß nicht, was tun. Tanja zieht den Mantel aus, guckt sich kurz um, legt ihn über den Schreibtischstuhl, neben dem sie stehenbleibt.
– Tufan wünscht gute Besserung. Er hat dir das Gesundheitspaket zusammengestellt. Wo soll ich hin damit?
– Egal. Sag ihm danke,
kommt es aus der Küche.
– Dir scheint es ja schon wieder besser zu gehen, Mo.
– Ja.

Jesús richtet sich auf, schiebt sich ein Kissen in den Rücken, bittet Tanja sich zu setzen, die Sachen einfach auf den Boden zu schmeißen. Sorgfältig legt Tanja die Kleidungsstücke, die auf den Sesseln liegen, zusammen, ohne sich darum zu kümmern, ob sie schmutzig oder sauber sind, schiebt die verklebten Gläser auf dem Couchtisch zur Seite, pustet Flusen von der Glasplatte,

– Was ist mit der Schule? Hoffentlich versäumst du nicht so viel.

– Geht schon.

– Bringt dir jemand die Aufgaben?

– Sie ist ein Spitzel, Muhammed.

Tanja setzt sich auf einen der Sessel, schlägt die Beine übereinander und lächelt Jesús entwaffnend an. Muhammed entschuldigt sich für ihn, aber Tanja beschwichtigt,

– Er hat ja recht. Tufan steckt mich an mit seiner übertriebenen ...

– ... Fürsorge.

stimmt Muhammed ein. Jesús dreht sich eine Zigarette und krümelt Tabak ins Bett. Muhammed bringt ein Tablett mit Teegläsern, Löffeln, Zuckerstreuer und einer Kanne auf einem Stövchen herein,

– He, Jesús, steh auf.

– Wieso?

Jesús macht keine Anstalten, der Aufforderung nachzukommen.

– Lass ihn doch,

Tanja gießt Tee in die Gläser. Muhammed rollt den Schreibtischstuhl heran. Jesús gibt nach, setzt sich auf den anderen Sessel, zündet eine Kerze an. Tanjas Blick wandert von einem zum anderen,

– Ihr seid nicht krank, oder?
Muhammed ist beschämt, fragt, ob sie es für sich behält.
– Na, klar,
sagt sie, streicht ihm die Haare aus dem Gesicht.
– Hast du Gras dabei, Tanja,
Jesús fragt ganz beiläufig. Muhammed funkelt ihn an,
– Gib ihm nichts.
– Ich hab gar nichts,
lacht Tanja.
– Macht nichts. Bin eh im Training.
– Was trainierst du denn?
– Kämpfen.
– Er übt Liegestütz und Klappmesser.
– Das macht jeder Kämpfer,
Jesús boxt ihn. Tanja bietet ihre Hilfe an; er stutzt.
– Ich beherrsche Taek-won-do,
erklärt sie ihm. Muhammed dimmt die Stehlampe neben dem Bett hoch,
– Sie hat den ersten Dan,
Jesús hat keine Ahnung, was das bedeutet.
– Es bedeutet, dass man mir nicht ansieht, dass ich mich wehren kann.
– Wogegen wehrst du dich denn?
Tanja zuckt mit den Schultern,
– Einfach so. Es ist ein gutes Gefühl, wenn dein Körper und dein Geist so geschult sind, dass du dich verteidigen kannst, falls es nötig ist. Als Frau allemal.
– Also ist Taek-dan-do keine Angriffswaffe?
Jesús ist enttäuscht.
– Taek-won-do,
korrigiert ihn Muhammed.

– Musstest du schon gegen Tufan kämpfen?
Tanja lacht,
– Ja. Aber da hilft mir Taek-won-do nicht weiter.
– Ich brauche auf jeden Fall eine Angriffswaffe,
Jesús dreht sich eine Zigarette.
– Er kann nicht mit Waffen umgehen.
– So ein Scheiß. Natürlich kann ich.
– Ich schwöre. Er wird sich selbst verletzen, wenn du ihm Taek-won-do beibringst.
– Werde ich nicht.
– Du kannst es dir ja überlegen, Jesús.
Tanja gießt Tee nach.
– Heißt das, du hast keine Angst mehr, weil du das kannst,
fragt Jesús.
– Ich habe Angst vor Dunkelheit.
– Wieso,
will Jesús wissen. Muhammed beobachtet ihn aus den Augenwinkeln. Tanja ist die Ruhe selbst.
– Ich weiß nicht. Ist einfach da. Ich sehe nicht gut, wenn es dunkel ist. Vielleicht deshalb.
Jesús pult am weichen Wachs der Kerze,
– Dann bist du doch verwundbar.
– Ja.
– Ich habe Angst vor dunklen Kellerräumen,
sagt Jesús leise. Wie ein Geständnis. Er achtet darauf, weder Tanja noch Muhammed anzugucken,
– Meine Mam musste als kleines Mädchen immer in den Keller, wenn die Flieger kamen. Bum. Bum. Bum.
Muhammed rechnet,
– Ich hätte nicht gedacht, dass Nicole schon so alt ist.
– Nicole?

Als hätte Jesús den Namen nie zuvor gehört.
– Bum. Bum. Bum.
Er hält einen Zeigefinger in die Kerzenflamme,
– Jede Nacht. Aber das weiß sie gar nicht mehr. Sie kann sich nicht daran erinnern, behauptet sie und hat mit Kellern heute gar kein Problem. Aber ich ticke aus, sobald ich in den Keller soll. Ich habe ihr Trauma geerbt.
Sein Finger wandert in der Flamme auf den Docht zu,
– Also so was gibt's, dass Kriegskinder, egal wie klein die im Krieg waren, ihr Trauma auf die eigenen Kinder übertragen.
Er drückt den Docht in den flüssigen Wachs, der die rußige Haut überzieht,
– Und mir hat sie dann immer gesagt, ich soll mich nicht so anstellen und hat mich in den Keller geschickt, um irgendeinen Scheiß zu holen. Die hat gar nicht kapiert, dass das ihre Angst war, die ich hatte. Dass ich ihr die abgenommen habe.

Bester Laune pult Jesús die Wachsschicht von seinem Finger,
– Ich meine, vielleicht haben deine Eltern ja auch ein Trauma, und du hast deshalb Angst vor Dunkelheit.
– Wer weiß. Vielleicht.
Tanja ist mehr mit dem Anblick von Jesús' rotschwarzem Finger beschäftigt. Mit dem Stiel eines Löffels versucht Muhammed den Docht hochzubiegen, um die Kerze wieder anzünden zu können.
– Ich bin jetzt achtunddreißig, Jesús. Da ist es nicht mehr nützlich, seine Eltern oder Großeltern für Probleme, die man hat, verantwortlich zu machen. Egal, was da vielleicht passiert ist, oder eben auch nicht. Man muss das einfach irgendwann akzeptieren, sonst wird man es nicht los.

– Du bist es ja nicht los.
Tanja stellt ihr Glas ab, an dem sie sich die Hände gewärmt hat,
– Aber ich habe gelernt damit zu leben, Jesús.
– Scheißleben.
Muhammed bietet an, frischen Tee aufzubrühen. Tanja lehnt dankend ab, will los.
– Du kannst ruhig bleiben,
sagt Muhammed, aber sie ist schon aufgestanden. Er hilft ihr in den Mantel.
– Ich möchte Tufan nicht so lange mit dem Merhaba allein lassen. Ich wollte auch nur gucken, ob ich etwas für dich tun kann. Tschüß, Jesús. Sag mir, wenn du es dir überlegt hast, wegen Taek-won-do.
– Ja, klar. Hast du nicht vielleicht doch ein bisschen Gras? Nur damit wir schneller gesund werden.
Tanja lacht; Muhammed schiebt sie sanft Richtung Flur. Sie dreht sich zu ihm um, spricht leise, eindringlich auf ihn ein,
– Du solltest Rupert nicht anlügen, Mo. Er wird enttäuscht sein, wenn er das merkt.
Blut schießt Muhammed in den Kopf,
– Also sagst du's ihm?
– Nein.
Tanja streicht ihm über die Wange,
– Aber denk darüber nach, okay?
Muhammed nickt, öffnet Tanja die Tür.
– Wir wollen am Wochenende alle zusammen einen Ausflug machen. Kommt doch mit.
Muhammed will sich nicht festlegen.
– Tut mir den Gefallen. Es wird Zeit, dass Tufan und du euch versöhnt.

Muhammed gibt nach.
- Versprochen?
- Versprochen.
- Sagst du auch Erol Bescheid?

Muhammed nickt; Tanja küsst ihn zum Abschied,
- Machs gut, Mo.

Er schließt hinter ihr die Tür, legt die Kette wieder vor. Zurück im Zimmer grinst Jesús ihn mit seinem unverschämten Grinsen an. Muhammed blafft ihn mit breitem Deutschtürkenslang an, den Kopf im Nacken, die Augen Stichwaffen,
- Eh, was guckst du?

Jesús richtet sich in seinem Sessel auf,
- Ja, schon klar. Einen Türken darfst du nicht ungefragt angucken. Ein Blick und du schwebst in Lebensgefahr.
- Was is los?

Jesús Augen ruhen auf Muhammed. Der verbaut Jesús mit dem anderen Sessel den Fluchtweg, pflanzt sich vor ihn hin,
- Was glotzt du mich so an?
- Weiß nicht,

Jesús zieht die Knie an die Brust, weicht Muhammeds Blick nicht aus, was der nicht dulden kann,
- Was los, du Wichser. Willst du mich anmachen, oder was.
- Ich guck nur.

Falsche Antwort, und er guckt immer noch. Muhammed beugt sich vor, ballt neben seinem Kopf eine abschussbereite Faust,
- Du guckst mich an? Ich geb dir gleich auf's Maul.
- Siehst du? Habe ich doch gesagt,

triumphiert Jesús.
- Du legst es echt drauf an, Jesús.

– Ach, ja?
Muhammed winkt ihn mit einem arroganten, spöttischen Lächeln zu sich heran,
– Na, los. Komm schon. Traust dich nicht, oder wie.
Mit dem Erfolg hat Muhammed nicht gerechnet. Jesús stürzt sich mit solcher Wucht auf ihn, dass der Sessel nach hinten umkippt. Jesús landet auf Muhammed, der trotz des Schrecks belustigt ist. Aber Jesús' Miene ist auf einmal wutverzerrt. Mit geballten Fäusten beginnt er auf Muhammed einzuprügeln. Der steckt den ersten Treffer weg, den nächsten Schlag blockt er ab, greift nach Jesús' Armen, um weitere zu vermeiden, aber Jesús entwickelt ungeahnte Kräfte. Muhammed weiß nicht recht, was tun, versucht ihn sich vom Leib zu halten,
– Eh, ist ja gut. Ist gut jetzt. He, Jesús! Hörst du jetzt mal auf?
Jesús tobt weiter, auch wenn seine Energie allmählich verpufft.
– Hör auf,
brüllt Muhammed, weniger verärgert, aber erschöpft von seinen Abwehrversuchen. Jesús will von ihm ablassen, aber Muhammed traut ihm nicht, umschraubt seine Handgelenke. Sobald er den Griff etwas lockert, reißt Jesús sich los. Sie hocken sich gegenüber, belauern sich, sind außer Atem.
– Scheißkanake,
sagt Jesús.
– Scheißschwuchtel,
sagt Muhammed.

Ein leiser Wind kräuselt die Wellen, die im gleichmäßigen Rhythmus aufs Land zurollen. Am Strand hilft Erol Orhan, nahe der Dünen einen Windschutz aufzubauen. Tufan installiert einen großen Grill. Rupert schleppt mit Jesús Angeln, Eimer und Köder heran. Muhammed, Hilda und Tanja kümmern sich um das Essen und die Getränke, holen außerdem noch Klapptische und Stühle aus Ruperts Bus, mit dem sie alles angekarrt haben. Vereinzelte Herrchen und Frauchen gehen mit ihren Hunden kopfschüttelnd an der Ausflugsgesellschaft vorbei. Rupert erklärt Jesús die Funktionsweise der Angelruten, demonstriert, wie man die Köder aufspießt. Jesús wird beim Anblick des glibschigen, wabernden Gewürms übel, aber er lässt sich nichts anmerken. Orhan stößt zu den beiden. Gemeinsam mit Rupert bringt er Jesús bei, wie man die Angel schwingt, um den Köder auszuwerfen. Sie sind angetan von seinem Talent. Jesús hat Spaß, gibt die Angel nicht mehr aus den Händen, während Rupert und Orhan ihre in den Sand rammen und sich mit den Händen in den Taschen auf Schemeln danebensetzen. Als Jesús' Schnur spannt, die Rute sich biegt und Jesús hektisch an der Kurbel zu drehen versucht, springt Orhan auf, stellt sich hinter ihn, greift um ihn, um zu helfen, ihm ein Gefühl für das Spiel der Kräfte, den Vorgang des Einholens zu vermitteln. Jesús will den Fang unbedingt, deswegen wehrt er sich nicht gegen den Körperkontakt, und tatsächlich ziehen sie einen Kleinen Rotbarsch aus dem Wasser, dreißig Zentimeter lang, beinah ein Kilo schwer. Jesús ist begeistert. Rupert hilft, den zappelnden Fisch vom Haken zu nehmen und wirft ihn in einen Eimer. Jesús verfolgt gespannt den Todeskampf, während Orhan einen neuen Köder an den Haken bringt.

Muhammed stellt einen Sack mit Holzkohle neben Tufan. Erol gesellt sich mit einer Flasche Bier in der Hand dazu. Tanja lotst ihn mit der Bitte, ihr bei der Befestigung der Tische zu helfen, von den beiden weg. Tufan schüttet Kohle in die Wanne; Muhammed reicht ihm die Anzünder.
– Lange nicht gesehen, Muhammed.
– Ja.
Tufan ist froh, beschäftigt zu sein, weil er seinem kleinen Bruder dann nicht in die Augen sehen muss,
– Alles klar bei dir?
Eine Stichflamme steigt auf.
– Hm.
– Und mit Jesús?
Tufan ist erfahren genug, um das Feuer nicht ausgehen zu lassen. Muhammed steht neben ihm, hält den Rost bereit,
– Uns geht's gut.
– Ehrlich?
– Ja, Tufan.
– Gut.
Er nimmt Muhammed den Rost ab, legt ihn auf; die Flammen züngeln zwischen den Streben hoch. Tufan überwindet sich,
– Wegen neulich.
– Was?
Muhammed hat keine Lust zu helfen.
– Du weißt schon.
– Was weiß ich, Tufan?
Sie starren auf den Grill, warten auf die Glut.
– Es tut mir leid.
– Schon gut, Tufan.
– Sicher?

– Ja.
Aber Tufan ist unsicher, braucht Bestätigung,
– Dann tragt ihr mir das nicht nach?
– Schon vergessen.
Muhammed stochert mit einem Stock in den Kohlen. Tufan deckt die bereitgestellten Platten mit Grillfleisch und Fisch ab,
– Wenn Jesús will, kann er wieder bei uns anfangen.
– Nein, lass mal.
Tufan packt die ersten Stücke auf den Rost.
– Wär kein Problem für mich, Muhammed.
– Schon kapiert.
Alles ist gesagt. Tufan ist zufrieden. Muhammed sieht sich nach den anderen um.

Um rauchen zu können, hat Jesús seine Angel aus der Hand gegeben, sie zwischen denen von Rupert und Orhan plaziert, die über seinen Kopf hinweg debattieren.
– Das muss man eben kapieren, Orhan. Dass man nicht alles kapieren kann, was aus einem anderen Kulturkreis kommt. Da kann man seine Körpersäfte austauschen solang man will, eine Integrationsarmee bewaffnen, das ändert nichts. Nichts an dir und nichts an mir. Das muss man endlich mal verstehen, dass bei anderen etwas anders ist.
Orhan bittet Jesús, ihm eine Zigarette zu drehen,
– Ich habe mit drei Brüdern ein Zimmer geteilt. Mein Vater und die Brüder Malocher, die Mutter hat irgendwann die Wohnung nicht mehr verlassen. Hat draußen einfach nichts verstanden und sich gefürchtet. Mir wurde eingebleut, bete, iss, arbeite. Ehre deinen Vater. Ehre deine Mutter. Bete, arbeite, sonst stirb. Da war ich schon anders. Ich habe sie ange-

schrien, Mutter, alles was ich will, ist eine Muschi. Das habe ich ihr ins Gesicht geschrien.
Jesús zündet Orhan die Zigarette an. Die drei Angelschnüre hängen schlaff. Orhan raucht genüsslich,
– Und sie schreit, bete. Da habe ich angefangen zu beten. Meine Mutter, mein Vater, meine Brüder, die sind hier nie angekommen, weil alle immer dachten, die gehen sowieso wieder. Das haben sie nicht ausgehalten. Ich wollte das aushalten. Aber erst als ich meiner Mutter das Herz gebrochen habe und auf meine Art zu beten anfing, konnte ich es. Dann bin ich auf die Insel, und seit Hilda ist alles gut.
– Warum habt ihr dann keine Kinder,
fragt Jesús. Orhan sieht ihn traurig an,
– Ja, Kinder fehlen mir. Hilda sagt, ich bin noch nicht so weit. Weil ich selbst noch ein Kind bin. Weil ich keine Kindheit hatte. Vielleicht kann sie auch einfach keine kriegen.
Sanft plätschert die Brandung, eine Möwe kreist einsam über der See. Still blicken die drei für einen Moment miteinander verbunden aufs Meer, bis Muhammed und Erol sie mit ein paar Flaschen Bier zum Essen abholen.

Tufan steht mit der Zange am Grill; Hilda holt die garen Stücke mit einer wärmehaltenden Schale ab, bringt sie an den Tisch, um den die anderen sitzen. Rupert prüft das Angebot,
– He, Tufan, was soll das sein? Seehundfleisch?
– Nein, Mann.
Jesús lädt sich den Teller voll Nudelsalat, trinkt Cola. Rupert lässt nicht locker,
– Was dann?
– Fisch,
ruft Tufan, löscht mit Bier.

– Du hasst Fisch.
Rupert lässt den Fisch liegen, nimmt sich ein Würstchen.
Tanja beäugt den Fisch,
– Legst du den Fisch etwa auf den selben Rost wie die Lammwürstchen?
Tufan stößt zu ihnen,
– Wo soll ich ihn sonst hinlegen. Du wolltest doch Fisch.
Tanja reicht eine Schüssel Bulgursalat herum,
– Das stimmt doch gar nicht.
Erol hebt seine Flasche und trinkt auf den Meister des Grills.
Tufan möchte den Fisch loswerden,
– Wer will jetzt Fisch? Jesús? Du magst doch Fisch.
Schon liegt ein Steinbuttfilet auf Jesús' Teller. Orhan verteilt Brot. Alle sind mit Essen und Trinken beschäftigt; Tufan kümmert sich schon um den Nachschub. Muhammed achtet auf Jesús, alles gut; Rupert bemerkt die Blicke. Jesús sucht selbstvergessen nach Gräten. Sie haben sich Wolldecken um die Beine geschlungen, wärmen sich mit Tee aus Thermoskannen, Wein und Schnaps. Jeder fühlt sich wohl im Geflirr der Worte. Nach einer Weile steht Jesús von der Tafel auf, entschuldigt sich, will nachsehen, ob noch einer angebissen hat und trollt sich zu den Angeln. Auch Erol sucht nach Abwechslung und folgt ihm,
– Na, du Schwarzes Loch.
– Na, du Stinker.
Keiner hat angebissen.
– Und, was geht, Jesús?
– Was geht bei dir, Erol?
– Alles cool.
– Cool.

Erol bietet Jesús eine Filterzigarette an, schlägt vor, Frisbee zu spielen; die Scheibe hat er dabei. Jesús nimmt die Zigarette, auf Frisbee verzichtet er. Erol zerrt ihn am Ärmel,
– Los, stell dich nicht so an, Jesús.
Jesús schlägt Erols Hand weg,
– Ich kann das nicht.
– Wie, du kannst das nicht?
– Hab's noch nie probiert.
Erol stellt seine Bierflasche ab, wirft die Kippe weg,
– Wenn du bereit bist, mal einen Moment das Licht bei dir anzuschalten, bringe ich's dir bei.
– Zwecklos.
Erol gibt nicht nach; führt Jesús die Technik trocken vor, dann gibt er ihm die Scheibe, rennt rückwärts, um ein paar Meter Abstand zwischen sie zu bringen,
– Los, wirf.
Zögerlich nimmt Jesús die Position ein,
– Wenn du lachst, erschieße ich dich, Erol.
– Gut. Ich lache nicht.
Jesús gelingt ein guter Wurf. Erol johlt, spielt Frisbee mit Jesús. Rupert geht mit Muhammed ein paar Schritte am Wasser entlang, hat Bier dabei, öffnet Muhammed eine Flasche,
– Bin neulich Morgen im Bett von Tufan und Tanja aufgewacht. Stell dir das vor. Sie behaupten, ich hätte in der Nacht vor der Tür randaliert. Wär betrunken gewesen. Der Punkt ist vorstellbar, oder? Tufan schleift mich die Treppe hoch und statt auf dem Sofa lande ich im Bett. Den Weg hab ich wohl selbst gefunden. Rühr mich nicht mehr von der Stelle. In der Nacht träumt Tufan von Hunden, die aussehen wie sein Vater. Einer beißt ihm ins Gesicht, und da ist anstelle seines Gesichts nur noch ein Loch. Er steht vor dem Spiegel und

ruft um Hilfe und keiner hört's. Tanja wacht auf und weckt ihn, und die beiden machen kein Auge mehr zu, während ich da friedlich schlummere und mich an nichts erinnern kann. Ist schon komisch manchmal. Man hat nicht immer alles unter Kontrolle. Manchmal braucht man Hilfe.
– Ja,
sagt Muhammed. Ihre Flaschen klicken gegeneinander; am Horizont färbt sich das Wasser rot, darüber rosa Wolkenzungen.
– Was glaubst du, Muhammed, wie geht es deinem Freund?
– Gut. Warum?
– Er hat Probleme, oder. Ich meine mit der Ernährung, zum Beispiel.
– Wir haben das im Griff.
Muhammed sammelt Steine auf, schleudert sie ins Meer.
– Du willst nicht drüber reden.
– Lieber nicht.
– Schon klar, Muhammed.
Rupert bleibt stehen, hebt auch ein paar Steine auf, die er denen Muhammeds hinterherwirft,
– Ich glaube, das ist so etwas wie eine Sucht, weißt du. Da besteht dann immer die Gefahr, dass man mitabhängig wird.
Muhammeds Augenbrauen ziehen sich zusammen, treffen über dem Nasenrücken aufeinander.
– Ist das jetzt deine Erkenntnis, oder hat der Familienrat dich ausgesandt, mich zu missionieren, Rupert?
– He, nicht so feindselig. Ich bin einer von den Guten.
Muhammed wischt sich über die Augen.
– Ich muss dich darauf hinweisen, dass ich dich wegen deiner Arbeitsausfälle nicht ewig werde decken können, Muhammed.

– Ich hab's im Griff, okay.
– Klar. Okay.
Synchron fliegen die Steine flach auf die gekräuselte Wasseroberfläche zu.
– Warum hast du nie eine Freundin, Rupert?
Rupert lässt sich Zeit mit seiner Antwort,
– Offenbar erfülle ich nicht die gängigen Anforderungen. Vielleicht bin ich auch nicht mehr bereit, für einen anderen etwas aufzugeben.
Sie stehen still nebeneinander, sehen zu, wie die Sonne im Meer ertrinkt.
– Wärst du bereit für Jesús einen Traum zu opfern, Muhammed?
– Das muss ich nicht.
Ohne weiter auf Rupert zu achten, dreht Muhammed ab, macht sich auf den Weg zurück zu den anderen, die schon begonnen haben, abzubauen und einzupacken. Erol deutet auf Rupert, der dabei ist, sich auszuziehen, offenbar schwimmen gehen will. Orhan und Tufan sind sofort bei ihm, halten ihn fest, erinnern ihn energisch daran, dass er nicht schwimmen kann. Orhan zieht Rupert hinter sich her; Tufan hat seine Sachen unter dem Arm. Rupert ergattert die letzte Flasche Bier,
– Ich kann nicht schwimmen, weil's mir keiner beibringt. He, Jesús, was ist mit dir?
– Ich hab's mir selbst beigebracht. Als mich meine geschätzten Mitschüler ins Wasser geworfen haben, weil sie sehen wollten, wie ich über's Wasser laufe.
Erol schlägt ihm auf die Schulter,
– He, dann bist du ja so was wie ein Kampfschwimmer.

– Genau, Erol. Und ich bin daran schuld, dass meine Kameraden ihren Glauben verloren haben.
Jesús schultert die Klappstühle. Sie tragen die Sachen zum Bus; Rupert torkelt barfuß vorneweg.
– Wollen wir noch mit ins Merhaba,
fragt Jesús Muhammed.
– Ja. Von mir aus.
– Wir können auch nach Hause.
– Willst du?
Tufan holt die beiden ein,
– Was ist mit euch? Kommt ihr noch mit?
– Wir gehen nach Hause,
entscheidet Muhammed. Tufan geht neben den beiden her,
– Wieso?
In seinem Rücken ruft Tanja; Tufan versteht. Er lässt Muhammed und Jesús in Ruhe, fordert Erol auf, sich zu beeilen. Als alles verladen ist, will Tanja sich von Jesús verabschieden. Er weicht ihr aus; sie überspielt es elegant,
– Schön, dass ihr da ward.
– Ja.
– Also, hoffentlich bis bald.
Sie steigt in den Bus; Orhan, der hinterm Steuer sitzt, hupt zum Abschied. Hand in Hand gehen Jesús und Muhammed in die entgegengesetzte Richtung.

Mai

Jesús hält Muhammed umschlungen, der auf den Radiowecker schlägt, weil der nicht funktioniert.
– Du hast den Wecker sabotiert, Jesús.
– Kann ich mich nicht dran erinnern.
– Hast du?
Muhammed rafft sich nicht auf, hat ohnehin vergessen, wo Rupert sie eingeteilt hat, kann ihn nicht erreichen, weil Rupert sich weigert, ein Handy zu benutzen. Jesús klebt an Muhammed,
– Was hast du geträumt?
– Ich kann mich an meine Träume nicht erinnern, Jesús.
– Was, Muhammed.
– Na schön. Ich habe geträumt, dass du im Meer schwimmst. Du warst im Meer und bist geschwommen.
– Echt?
– Ja. Echt.
Jesús Augen leuchten,

– Ich hab das nie gemacht. Will nicht, dass einer meinen Körper sieht.
– Es gibt Tauchanzüge, Jesús.
Muhammed befreit sich, verschwindet ins Badezimmer. Die Sonne scheint durchs Fenster auf Jesús. In der Tür erscheint Muhammed in roten Badeshorts,
– Los. Wir gehen schwimmen.
– Was? Anfang Mai?
Muhammed zieht ihm die Decke weg,
– Ich bin dein Rettungsschwimmer. Du schwimmst, ich passe auf.
Widerstand ist zwecklos.
– Was ist mit Ägir, dem Grauenhaften?
– Vertrau mir, Jesús.
Muhammed reißt den Boden aus einem Pappkarton, schreibt mit einem schwarzen Filzstift etwas darauf. Dann treibt er Jesús an, die Sonne schon frühlingswarm, der Wind noch kalt. Muhammed steuert die Vespa zum nächstgelegenen Strand. Jesús schlottert, zieht sich aus, wirft sich einen Bademantel über und beobachtet Muhammed, der in seinen roten Rettungsshorts den Strand sperrt, Signalband abrollt, um das verbotene Territorium zu markieren.
– Worauf wartest du,
ruft er Jesús zu. Der sieht sich um, ob ihn auch niemand sehen kann. Muhammed hält sein Pappschild hoch: HIER SCHWIMMT JESÚS. BETRETEN VERBOTEN!!! Jesús streift den Bademantel ab, tapst in Badehose und T-Shirt aufs Wasser zu,
– Du darfst aber nicht gucken!
– Ich gucke nicht. Los!
Muhammed dreht ihm den Rücken zu, hält das Schild hoch. Als er sich doch nach ihm umsieht, nur um sicher zu gehen,

treibt Jesús kopfunter auf dem Bauch in der Brandung. Muhammed stürzt panisch zu ihm, fischt ihn raus, trägt ihn aufs Trockene. Jesús hustet und spuckt. Muhammed ohrfeigt ihn,
– Du gottverdammter Idiot!
Jesús versucht zu lächeln,
– Allah ist mit mir.
– Idiot.
Muhammed zieht ihm die nassen Sachen aus, rubbelt ihn ab; Jesús lässt es über sich ergehen. Muhammed schleppt ihn Huckepack zur Vespa, will, dass er sich an ihm festhält, gibt Vollgas. Zu Hause beordert er Jesús ins Bett, wickelt ihn in Decken ein. Jesús glüht.
– Es war ein Unfall, oder? Sag, dass es ein Unfall war.
– Nichts passiert, Muhammed. Du hast mich doch gerettet.
– Habe ich das?
Jesús zwingt Muhammed zu sich; er überwältigt ihn. Muhammed kennt Jesús so nicht; ergibt sich erschöpft der körperlichen Attacke, und Jesús beginnt für sie beide die Grenze zwischen Lust und Schmerz auszuloten. Muhammed ist unfähig, die Kontrolle zurückzugewinnen, droht das Bewusstsein zu verlieren, Jesús mit ihm, was ihnen beiden beängstigende Befriedigung verschafft. Nassgeschwitzt liegen sie, nach Atem ringend, nebeneinander; Jesús erholt sich zuerst, fragt,
– Alles in Ordnung?
Muhammed wiegelt ab,
– Kein Problem.
– Sicher?
Muhammed dreht Jesús den Rücken zu,
– Weiß nicht. Glaube nicht.
Jesús respektiert den Rückzug. Er setzt sich auf, betrachtet Muhammeds Körper, kann nicht aufhören, ihn anzustarren,

– Muhammed?
– Ich bin noch hier.
– Ich bin nicht krank.
– Schon gut.
– Es war ein Unfall. Glaubst du das?
Keine Antwort.
– Ich ertrage es nicht, wenn du dir Sorgen machst, Muhammed. Mir geht's gut. Ehrlich.
Muhammed zieht die Decke über sich,
– Du brauchst Hilfe.
Jesús steht auf, schlüpft in ein Oberhemd von Muhammed, zündet Kerzen an,
– Du hilfst mir doch.
Er sucht nach seinem Tabak, kommt mit der fertiggedrehten Zigarette und einem Aschenbecher zurück ins Bett. Muhammed richtet sich auf,
– Ich habe Angst, dass ich das nicht schaffe, Jesús.
Schulter an Schulter sitzen sie nebeneinander.
– Du musst keine Angst um mich haben. Du sollst nur bei mir bleiben. Schaffst du das?
Jesús hält Muhammed die Zigarette hin, der sie ohne zu zögern nimmt und sie sich zwischen die Lippen klemmt,
– Ich denke schon.
Eine Seilwinde hat sich aus der Verankerung gelöst; der Wind schlägt die Kurbel immer wieder gegen den Fahnenmast.
– Es gibt jetzt eine vierte Regel, Jesús.
– Vier sind zu viel. So viele kann ich mir nicht merken.
Muhammed bleibt ernst. Muss sich überwinden, es auszusprechen,
– Ich will nicht, dass du immer an den Tod denkst.
Jesús regt sich nicht.

– Ich kann nichts dafür, Muhammed.
– Das spricht nicht gerade für mich, weißt du.
– Tut mir leid.
– Und hör auf, dich immer zu entschuldigen.
– Entschuldigung.

Jesús beißt sich in die Faust, schlägt sich eine Zeitschrift vors Gesicht, gibt gurgelnde Geräusche von sich. Muhammed greift sich die Fernbedienung, stellt den Fernseher an. Eine Krimiserie läuft.

– Kannst du das wegmachen, Muhammed?
– Stimmt was mit den Farben nicht?

Jesús nimmt ihm die Fernbedienung weg,

– Vielleicht kommt irgendwo was mit Tieren.
– Mit Tieren?

Jesús holt Chips und Schokolade unter dem Bett hervor, fängt an die Chips in sich hineinzuschaufeln. Muhammed vereinnahmt die Schokolade,

– Eigentlich hatten wir ja gesunde Ernährung vereinbart, Jesús.
– Ich steh auf Fett.
– Ich nicht.
– Na, toll. Vielen Dank.
– Komm schon, Jesús. Du bist nicht fett.
– War ein Scherz, Muhammed.
– Schon klar.
– Bist du eigentlich gläubig?

Jesús' Gedankenmanöver verblüffen Muhammed immer noch. Er wählt einen Kanal, auf dem ein Fußballspiel übertragen wird, erwartet Protest, der aber ausbleibt.

– Manchmal bete ich noch, zusammen mit Orhan. Ich mag das Ritual, aber ohne Moschee ist es nicht dasselbe.

– Aber bist du gläubig, Muhammed?
– Was bedeutet gläubig für dich, Jesús?
– Dass du an etwas glaubst, das über allem anderen steht. Das immer bei dir ist.
Jesús dreht sich eine Zigarette; Muhammed bemerkt nicht, dass er zittert, zerknüllt die Schokoladenverpackung, zielt auf den Papierkorb neben dem Schreibtisch, wirft und verfehlt,
– Weiß nicht, Jesús. Ich glaube nicht.
Muhammed konzentriert sich auf das Fußballspiel. Jesús kann die Tränen nicht halten.
– He, was ist denn los mit dir?
– Nichts.
– Sag schon, Jesús. Was hast du?
Muhammed steckt ein Kloß im Hals.
– Ich dachte, du glaubst an mich.
Muhammed will ihn trösten, weiß nicht, wie,
– Das mache ich doch. Ich dachte, du fragst von wegen religiös und Gott und so.
– Ich hab gesagt, was ich meine.
– Hör auf zu weinen, Jesús. Bitte. Es ist doch nichts passiert. Alles gut.
Jesús beruhigt sich, aber Muhammed bleibt angespannt, ist verloren, wenn einer weint, erst recht, wenn Jesús weint.
– Das geht nicht gut, wenn nur einer von uns beiden glaubt, Muhammed.
Aus den Lautsprechern des Fernsehers schallt Torjubel. Zwischen Muhammed und Jesús herrscht Stille. Muhammed sucht sich durch die Programme, findet eine Tiersendung, stupst Jesús an, fragt ihn, ob er sie sehen möchte, und Jesús sagt,
– Ich scheiß auf Tiere.

Die Fahnen auf dem Parkplatz sind eingeholt; die Kurbel der Seilwinde schlägt noch immer gegen den Mast. Regen trommelt gegen die Fensterscheiben. Jesús hat die beiden Sessel zusammengeschoben, rührt in einem Milchkaffee, verlangt nach Cola. Er kratzt die letzten Krümel Tabak zusammen, füllt sie in ein großes Papier. Muhammed ist in der Küche, sucht nach einem sauberen Glas, die nackten Füße kleben am Linoleumboden. Der Fernseher läuft ohne Ton; über einen Internetradiosender spielt Musik.

– He, Muhammed. Wenn du nicht mit mir zusammen wärst, mit wem wärst du gern zusammen?

– Ich bin mit dir zusammen.

Jesús rollt aus einem Stück dünner Pappe einen Filter,

– Weil dich dein Gewissen zwingt?

– Niemand zwingt mich.

Muhammed dreht sich im Kreis. Die Spüle ist so zugestellt, dass man nicht einmal den Wasserhahn aufdrehen kann, um ein Glas zu spülen. Aus den Tüten quillt Müll, aus dem Zimmer dringt ein,

– Bum! Bum! Bum!

zu ihm. Er nimmt ein Glas, riecht daran, geht mit einer Flasche Cola zu Jesús, der Gras zerbröselt. Muhammed stößt gegen einen leeren Joghurtbecher mit Schimmelrand, tritt beinah in einen Teller, auf dem Spaghettireste angetrocknet sind.

– Scheiße, Jesús. Wir leben im Müll. Ist dir das schon aufgefallen?

Jesús legt alles aus der Hand, baut sich vor Muhammed auf, um die Augen dunkle Ringe,

– Räum den Müll doch weg, wenn er dich stört.

– Wie wär's, wenn du mir hilfst.

Jesús geht noch einen Schritt auf ihn zu, steht ganz dicht vor ihm,
– Das habe ich dir gerade angeboten.
Muhammed ignoriert ihn, fängt an, die Klamotten aufzuklauben, trennt in schmutzig und nicht ganz so schmutzig. Jesús verzieht sich auf seine Sessellandschaft, arbeitet weiter an dem Joint. Muhammed räumt planlos von einem Ort zum anderen, entsorgt unerwünschte Fundstücke in einen großen, blauen Plastiksack. Es ist gerade Mittag, aber so dunkel, dass Jesús die Stehlampe hochdimmt. Muhammed hat den Staubsauger hervorgeholt. Der Geruch, der dem Gebläse entströmt, verrät, dass die Tüte schon voll ist. Er fuhrwerkt mit dem Sauger vor den Sesseln herum, schiebt sie auseinander, ohne auf Jesús Rücksicht zu nehmen, der immerhin die Beine hochnimmt, um nicht im Weg zu sein. Er rollt das Gras-Tabak-Gemisch ein, leckt den Klebestreifen an, vollendet sein Werk und bietet Muhammed den fertigen Joint an.
– Wo hast du das Gras her,
Muhammed nimmt ihn.
– Du kennst die falschen Leute, Muhammed.
– Wie meinst du das?
Sie müssen schreien, um den Staubsauger zu übertönen.
– Erol?
Jesús stellt sich taub.
– Vertickt Erol dir den Scheiß?
– Ist doch egal.
Muhammed schlenkert bedrohlich mit den Armen; Jesús sorgt sich um den Joint.
– Und was ist mit der Regel?

– Du tust so, als würde ich die ganze Zeit nur kiffen. Warum können wir nicht einfach zusammen was rauchen. Ich mag das, wenn wir zusammen rauchen. Und es wäre toll, wenn du den Scheißstaubsauger mal ausstellen könntest.
– Es ist gegen die Regel.
Muhammed kappt die Stromversorgung, zündet den Joint an, öffnet das Fenster.
– Ist doch toll, wenn man gemeinsam gegen eine Regel verstößt.
Es regnet rein.
– Was ist mit den anderen Regeln, Jesús?
– Die sind heilig. Das hier ist eine Ausnahme.
– Sicher?
Muhammed schließt das Fenster wieder, lehnt an der Fensterbank. Jesús Stimme wird brüchig,
– Warum vetraust du mir nicht?
Muhammed nimmt einen tiefen Zug,
– Mache ich doch.
– Du vertraust mir nicht.
Mit roten Augen fragt Jesús Muhammed, ob er einen Schuss mit ihm macht. Muhammed legt sich den Joint verkehrtherum, mit der Glut zuerst, auf die Zunge, drückt seinen Mund auf Jesus' Mund, atmet aus, und Jesús atmet ein – Schuss. Direkt ins Hirn.

Das Licht der Morgensonne zwängt sich zwischen den Lamellen der Jalousie hindurch.
– Wo willst du hin?

Jesús liegt noch in Sweat-Shirt und Jogginghose im Bett. Muhammed schnürt seine Stiefel zu.
– Ich muss was einkaufen.
– Ist doch alles da.
– Es ist nichts mehr zu Essen da.
Muhammed schlägt Jesús vor, ihn zu begleiten.
– Warum rufen wir nicht den Lieferservice an?
– Komm schon, Jesús. Hast du mal aus dem Fenster gesehen?
– Was ist da?
– Frühling.
Muhammed schultert seinen Rucksack,
– Also, was möchtest du, Jesús?
– Ich möchte, dass du hierbleibst.
– Cola?
Jesús gibt sich geschlagen und bestellt Cola,
– Kommst du gleich zurück?
Muhammed rückt damit raus, dass er versprochen hat, im Merhaba auszuhelfen. Sofort sucht sich Panik einen Weg durch Jesús' Augen.
– Ich beeile mich, Jesús.
– Versprochen?
– Versprochen.
Muhammed hat die Wohnungstür schon geöffnet; Jesús stürmt hinterher. Muhammed gibt ihm einen flüchtigen Kuss. Jesús verschließt hinter ihm die Tür, legt die Kette vor.

Ziellos fährt Muhammed auf seiner Vespa unter wolkenlosem Himmel. Ab und zu hält er an, rennt ein Stück und ruht sich dann an einem windgeschützten Ort aus, will die Zeit vergessen, nicht denken müssen, die aufblühende Insel erkunden, als wäre es das erste Mal. Um die Mittagszeit macht er sich auf den Weg zum Weststrand. Rupert streicht die Fassade eines Rettungsturms. Er freut sich, Muhammed zu sehen. Sie setzen sich auf eine kleine, weiße Holzbank, Ausblick Nordsee; Rupert bietet ihm Tee mit Schuss an, aber Muhammed lehnt ab.

– Stell dir vor, du hast einen schlechten Einfluss auf mich, Muhammed. Vor ein paar Tagen sitze ich im Büro, starre aus dem Fenster, natürlich kommst du nicht. Starre auf das Telefon, aber du rufst wieder nicht an. Da sage ich mir, was der kann, kann ich auch und mache zum ersten Mal, solange ich hier angestellt bin, blau. Komme am Bahnhof vorbei und als ich auf dem Vorplatz diese giftgrünen Skulpturen sehe, dieses Vater-Mutter-Kind-im-Wind-Monstrum, da ticke ich aus. Schreie die drei an, trete und schlage zu. Ehrlich. Ein Alter sitzt auf der Parkbank und sieht mir zu. Stachelt mich noch mehr an. Und dann kommt der Sicherheitsdienst der Bahn angerannt, da trete ich dem grünen Vater nochmal richtig in den Arsch, spucke dem Bahnmann vor die Füße und der Alte auf der Bank, der applaudiert mir. Naja. Hatte kein Nachspiel. Aber du bist gefeuert, Muhammed.

– Schon klar.

– Tut mir leid. Konnte nichts machen. Habe dich gewarnt.

– Und wie geht's dir sonst, Rupert?

– Ohne dich macht die Arbeit keinen Spaß.

Muhammed zündet sich eine Zigarette an; Rupert runzelt die Stirn, erspart ihm aber einen Kommentar.

– Weißt du, Rupert, manchmal fürchte ich, ich kann's nicht. Hab's nicht im Griff. Aber ich bin der einzige, der überhaupt noch, naja. Ich will einfach nur …

– Was fehlt ihm wirklich, Mo?
Muhammed pult an den Nagelhäuten,
– Lebensmut?
Mehr bekommt Rupert nicht zu hören.
– Ich muss nicht wissen, was genau das Problem ist, um genau zu wissen, da muss ein Profi ran, Muhammed.
Muhammed blinzelt in die Sonne, putzt sich die Nase,
– Sicher. Schon klar.
Er schnipst die Kippe weg.
– Was ist mit der Schule?
– Nichts, zur Zeit.
Rupert nickt, schlürft seinen Tee,
– Das ist nicht der richtige Weg, Muhammed. Für euch beide nicht.
Muhammed zündet sich eine neue Zigarette an,
– Ich will's nicht diskutieren, Rupert. Musste nur mal reden.
– Okay. Aber ich werde nicht versprechen, dass ich es für mich behalte.
– Ist schon gut, Rupert. Ehrlich.
Ein junges Paar läuft in Gummistiefeln aufs Wasser zu, er hinter ihr her. Er fängt sie ein und küsst sie, zwischen ihren Beinen kläfft ein Hund, springt hoch und freut sich mit ihnen.
– Ich muss los,
sagt Muhammed. Rupert bleibt sitzen, hebt zum Abschied nur die Hand.

Jesús hat sich bei McDonald's Hamburger, Pommes, Apfeltaschen und Milchshakes organisiert. Er hockt vor dem Bett, breitet alles vor sich aus, dreht sich eine Riesentüte und kifft.

Der Fernseher läuft. Jesús schmiert sich mit Ketchup und Majonnaise voll, isst, bis nichts mehr reinpasst. Cola und Zigarette. Dann zieht er sich aus, stellt sich vor den Spiegel und weint. Er kniet sich vors Klo, seine Glieder gehorchen nicht. Wie Schüttelfrost, kein Wille mehr. Er steckt sich einen Finger in den Hals und übergibt sich. Er schämt sich. Das macht ihn wütend. In der Küche sucht er nach einer Farbspraydose. Die hat er mal unter der Spüle entdeckt. Er findet sie, sie ist noch fast voll. Jesús stellt sich aufs Bett und sprüht die fünf Gebote an die Wand.

DU SOLLST NICHT KIFFEN
DU SOLLST NICHT KOTZEN
DU SOLLST NICHT LÜGEN
DU SOLLST NICHT TOT SEIN
DU SOLLST NICHTS ENTSCHULDIGEN

Er raucht einen kleinen Joint und verlässt die Wohnung ein zweites Mal. Mit einem Einkaufswagen fährt er die Regale eines Supermarkts ab. Er klaut den Wagen, rollt ihn über Bürgersteige, die Rollstuhlrampe hoch zum Hauseingang, in den Lift und in die Wohnung. Muhammed ist immer noch nicht da, obwohl der Abend anbricht, Mond und Sterne den Himmel erobern. Jesús füllt den Kühlschrank, das Regal für die Vorräte. Er schrubbt den Boden und spült ab. Dann fängt er an zu kochen. Er kostet und ist zufrieden. Deckt den Tisch, legt blumengemusterte Servietten unter das Besteck und zündet Kerzen an.

– Guck mal, ist Türkenmond heute.

Erol legt einen Arm um Muhammeds Schulter, zeigt in den Himmel. Sie haben sich auf einem Streetballplatz getroffen, Kathrin und Lale sind auch dabei. Lale knutscht mit

Erol. Kathrin trinkt in kleinen Schlucken aus einer Wodkaflasche. Ihre Füße stecken in Moonboots, die wie riesige Marshmellows aussehen. Sie tut so, als könnte sie sich nicht an Muhammed erinnern. Sie sitzen auf Zeitungen, windgeschützt am Zaun, unter einem der Körbe. Erol baut einen Joint,

– Was gibt's Neues aus dem Reich der Finsternis, Muhammed?

Lale kichert.

– Keine Ahnung, was du meinst, Erol.

Erol reicht ihm die Wodkaflasche, aber Muhammed lehnt ab.

– Kannst du jetzt nicht mal mehr richtig feiern, oder was?

– Hast du eigentlich noch was anderes im Kopf, Erol?

– Bis vor kurzem hat's für dich gereicht, Muhammed.

Erol raucht den Joint an.

– Tut mir leid. Hab's nicht so gemeint,

Muhammed nimmt die Flasche, trinkt als wär's Wasser. Erol grinst, gibt ihm den Joint,

– Also Ausgang genehmigt heute, ja?

Jesús sitzt am Tisch, wartet, kann sich nicht wehren, hat keine Ahnung, wieso er immer wieder weinen muss. Warum, egal was er tut oder erlebt, Tod das Einzige ist, das übrigbleibt in seinem Kopf, in seinem Herzen, trotz Muhammed, ganz gleich, wie sehr er sich dagegen sträubt. Er verriegelt die Wohnungstür, legt die Sicherheitskette davor. Löscht alle Lichter in der Wohnung. Richtet sich auf dem Bett ein, dreht sich einen Joint, stellt den Fernseher an, setzt sich Kopfhörer auf und sucht nach einer Trickfilmsendung.

Muhammed dreht den Schlüssel im Schloss, aber wegen der Kette lässt sich die Tür nicht öffnen. Er ruft, klopft, klingelt. Jesús reagiert nicht. Muhammed horcht; nichts ist zu hören. Er trommelt gegen die Tür, versucht sie ohne Erfolg mit der Schulter aufzustoßen. Schließlich tritt er sie ein, stürzt von Angstschweiß durchnässt in die dunkle Wohnung. Der Fernseher flimmert. Jesús hockt auf dem Bett und lacht, amüsiert sich über eine tolpatschige Cartoonfamilie. Erst als Muhammed ihm den Kopfhörer runterreißt, bemerkt er ihn. Versteht nicht, was los ist.

– Warum hast du dich eingeschlossen!

brüllt Muhammed ihn an. Jesús sackt augenblicklich in sich zusammen,

– Du warst nicht da.

Er vergräbt das Gesicht in den Händen; Muhammed umschließt seine Handgelenke, zwingt Jesús, ihn anzugucken,

– Was, Jesús?

– Ich schäme mich.

Muhammed gibt ihn frei, macht Licht an. Sein Blick fällt auf die Graffitiwand. Er geht ins Bad, kommt in T-Shirt und Shorts zurück und fällt ins Bett.

– Ich habe gekocht, Muhammed.

Muhammed wird auf die Abfälle vorm Bett aufmerksam,

– Bei McDonald's?

Muhammed entschuldigt sich, will nur noch schlafen. Jesús löscht das Licht.

– Mein Tag war Scheiße, Muhammed.

– Meiner auch.

Ihr Atem zwischen ihnen.

– Sieht toll aus die Wand, Jesús.

– Ich kann's überstreichen.

Stille. Nur die Fahnen.

– Echt kunstvoll.
– Verarsch dich selbst, Muhammed.
– Ehrlich.

Muhammed wehrt Jesús' Hände ab; Jesús startet einen neuen Versuch. Muhammed küsst ihn auf die Stirn, wünscht ihm eine Gute Nacht und dreht sich von ihm weg. Jesús kann die Schluchzer nicht unterdrücken. Erst als Muhammed ihn in den Arm nimmt, beruhigt er sich wieder.

Am nächsten Morgen entdeckt Muhammed die gedeckte Tafel in der Küche. Er probiert das Reisgericht, wärmt es auf, zündet die Kerzen an, holt Jesús zu sich. Der isst mechanisch, Gabel für Gabel, ohne auf Muhammed zu achten.

– Ich werde dich verlieren, Muhammed.
– Wirst du nicht.

Er schenkt Jesús Cola ein.

– Doch. Werde ich.
– Hör auf.

Muhammed vergeht der Appetit. Jesús kratzt beide Teller leer,

– Du kannst nichts dafür.
– Hör auf!

Muhammed holt seinen Werkzeugkasten unter der Spüle hervor, macht sich daran, die Wohnungstür zu reparieren.

Jesús zählt die Tage nicht mehr; die Luft riecht beinah schon nach Sommer. Er sitzt im Rahmen des geöffneten Fensters, raucht, sieht seiner Spucke hinterher, die in die Tiefe tropft. Muhammed kommt auf den Parkplatz gefahren; hinter ihm sind große Tüten auf die Vespa geschnallt. Jesús schließt das Fenster. Minuten später taucht Muhammed mit den Tüten auf,

– Wie lange, Jesús?
– Zwei Stunden. Keine Panik.
– Nicht ein bisschen?
– Kein bisschen.

Muhammed legt Schuhe und Jacke ab, bringt die Tüten ins Zimmer, leert den Inhalt auf dem Boden aus – verschiedenfarbene Stoffe, Kohlefaserstäbe, Spannschnur, Gummischnur, Saumband, Kleber undsoweiter. Jesús fragt, was er damit will.

– Einen Drachen bauen,

verkündet Muhammed. Jesús zeigt keine Regung,

– Wozu?
– Hast du noch nie einen Drachen gebaut?
– Nein.

Jesús dreht sich lieber eine Zigarette.

– Ich bring's dir bei.

Muhammed ordnet die Materialien auf dem Boden, faltet die Konstruktionszeichnung auseinander, fängt an, den Stoff für Körper-, Flügel- und Keilteil zuzuschneiden. Jesús stellt den Fernseher an. Muhammed lässt sich nicht beirren. Jesús rückt neben ihn, schaut ihm zu. Muhammed zeigt, wie man das Gestänge einpasst oder die Flügelteile mit einer geschlossenen Kappnaht zusammennäht. Jesús vertieft sich in die Tätigkeit, näht selbstständig Verstärkungen auf die Schulterecken. Nach einigen Stunden nimmt der Drachen Kontur an. Jesús werkelt akribisch. Presst Ösen ein, knotet die Spannschnur ein. Muhammed leistet nur noch gelegentlich Hilfestellung, kümmert sich ums Abendessen, schmiert

Brote, dekoriert sie. Als es läutet, kommt er aus der Küche; Jesús hat die Arbeit unterbrochen, stiert vor sich hin. Tufan hämmert gegen die Tür, klingelt Alarm, ruft. Jesús hält sich die Ohren zu, schlägt mit dem Kopf gegen die Knie. Muhammed macht das Licht aus.

– Muhammed! Ich weiß, dass du da bist. Mach auf! Sprich mit mir!

Jesús krümmt sich,

– Er darf auf keinen Fall den Drachen sehen. Bitte.

Muhammeds Hals schwillt zu. Er zwingt sich zur Tür, bleibt davor stehen, ohne zu öffnen,

– Was willst du?

– Lass mich rein.

Muhammed ringt um Worte,

– Sag erst, was du willst.

Tufan stützt sich mit beiden Händen gegen die Tür,

– Verdammt, Muhammed! Du verlierst deine Arbeit, gehst nicht zur Schule, was glaubst du, will ich hier.

– Das ist meine Sache.

– Ich bin dein Bruder, schon vergessen?

Muhammed rutscht mit dem Rücken an der Tür hinunter; ein pochender Schmerz in den Schläfen.

– Ich trete die Tür ein, wenn du nicht endlich aufmachst.

Muhammed hört, wie Tufan eine Faust gegen das Holz rammt, das splittert. Er rührt sich nicht. Tufan sinkt in die Knie, weint. Auf der anderen Seite kommen auch Muhammed die Tränen hoch. Jesús ist wie gelähmt.

– Bist du noch da, Muhammed?

– Mir geht's gut. Ehrlich. Bitte geh.

Muhammed lauscht, ist sich nicht sicher, ob Tufan noch da ist.

– Ich liebe dich, Muhammed, hörst du.
Muhammed beißt sich auf die Lippen.
– Ich gehe jetzt.
Muhammed bewegt sich nicht. Jesús lehnt im Rahmen der Flurtür,
– Tut mir leid.
Muhammed stützt den Kopf in die Hände.
– Muhammed?
– Sei still. Bitte.
Jesús hält das Schweigen nicht aus,
– Mo?
– Nicht jetzt. Lass mich einfach.
– Alles gut?
– Gleich, Jesús.
Muhammed will um sich schlagen. Aber er verwendet all seine Kraft darauf, es nicht zu tun. Unterdrückt den Schrei, den er schon lange in sich trägt. Jesús zählt Minuten,
– Wollen wir den Drachen fertig bauen?
Muhammed kotzt fast sein Herz aus; ganz allmählich beruhigt sich sein Puls,
– Ja, Jesús.
– Wir müssen nicht.
– Ich will aber.
Schweigend arbeiten sie Hand in Hand. Zum Schluss klebt Muhammed Reflexbänder auf den Flatterschwanz, um den Drachen nachtflugtauglich zu machen. Er streckt ihn in die Höhe,
– Probieren wir ihn aus?
Jesús will jetzt lieber kochen. Wie aufgezogen geht Muhammed in die Küche. Denkt, komm nicht nach, bitte nicht, nicht gleich, nur einen Moment für mich, nur für mich. Räumt

Platz frei auf dem Küchentisch, deckt die belegten Brote, die er vorbereitet hat, mit Frischhaltefolie ab, stellt sie in den Kühlschrank. Jesús hält eine Hand dazwischen, greift sich Paprikaschoten und Mohrrüben aus dem Gemüsefach, wäscht sie ab, legt sich ein Schneidbrett auf die Anrichte, wählt ein Messer aus, schält Zwiebeln und Knoblauchzehen. Beginnt das Gemüse zu zerkleinern. Drückt nicht, schneidet nicht, sondern hackt. Muhammed beäugt den Vorgang skeptisch, will sich nicht einmischen, sagt trotzdem,

– Pass mit dem Messer auf.

– Was?

Jesús wütet gefährlich nah an seinen Fingern.

– Das Messer, Jesús.

– Jetzt krieg dich mal ein. Hier herrscht das Schwarze Loch. Was soll einem Schwarzen Loch schon passieren.

Muhammed umfasst ihn von hinten, versucht ihm behutsam das Messer abzunehmen,

– Ich mache das fertig für dich.

Jesús schüttelt ihn ab,

– Ich mache dich fertig. Warum lässt du mich nicht gehen?

– Bitte nicht, Jesús.

Muhammeds Knie werden weich.

– Gib mir das Messer, Jesús.

Mit einem Mal überlässt Jesús es ihm bereitwillig. Muhammed konzentriert sich darauf, den Rest Zwiebeln zu schneiden. Tränen laufen aus seinen Augenwinkeln, rinnen die Wangen hinab zum Grübchen an seinem Kinn, tropfen von Jesús unbemerkt auf das Gemüse;

– Wovor hast du Angst, Muhammed?

– Bitte, Jesús. Bitte nicht.

Wut kocht unaufhaltsam hoch; Jesús bohrt in seinem Rücken weiter,

– Wieso? Ist doch komisch; du hast Angst und ich hab keine.

– Ich habe aber keine Angst,

schreit Muhammed. Die Spucke trocknet im Mund. Alles droht zu verschwimmen, als trenne sein Körper sich von seinem Willen ab.

– Doch. Hast du.

Scheinbar ist Jesús ganz ruhig. Muhammeds Hände zittern.

– Ich glaube nicht, dass du mich liebst, Muhammed. Nicht so, wie ich dich. Ganz ehrlich.

Er greift um ihn herum, legt seine rechte Hand über die von Muhammed, in der das Messer liegt,

– Gib's her.

Muhammed macht eine ruckartige Bewegung mit seinem rechten Arm, um Jesús loszuwerden. Der weicht zurück,

– Was ist dein Problem, Muhammed? Ich will nur helfen.

Jesús verschränkt die Arme vor der Brust,

– Weißt du was, Muhammed?

– Was!

Voll unbändigen Zorns wirft Muhammed das Messer weg, dreht sich abrupt zu Jesús. Jesús gelingt es, sein unverschämtes Grinsen aufzusetzen; dann sagt er,

– Ich scheiß auf deine Regeln. Ich scheiß auf deinen Drachen. Und auf deine Fürsorge scheiße ich erst recht. Auf den ganzen Scheiß, den du mir vorspielst. Für wen hältst du dich? Für meinen Retter?

Jesús kann seine Stimme kaum kontrollieren, doch Muhammed bemerkt das zu spät. Jesús macht schon einen schnellen Schritt auf ihn zu, greift an ihm vorbei, bekommt das Messer am Griff zu fassen, umschließt ihn mit beiden Händen und richtet die Klinge gegen seinen Bauch,

– Und, was machst du jetzt? Rettest du mich? Mach schon. Los! Mach was!

Muhammed weiß nicht, was er machen soll. Er greift nach dem Messer; Jesús lässt nicht los. Wie betäubt stehen sie im Atem des anderen, nur das Messer mit den vier Händen um den Griff noch zwischen ihnen. Muhammed brüllt,

– Hör auf,

erkennt die eigene Stimme nicht.

– Da kannst du gar nichts machen, Muhammed. In Wahrheit liebe ich dich nämlich nicht, weißt du. In Wirklichkeit bist du mir scheißegal. Ich scheiß auf dich, und ich scheiß auf deinen Bruder, auf deine ganze bescheuerte Familie, und auf unser lächerliches Leben scheiße ich auch.

Muhammed reißt die Hände hoch, drückt sie Jesús auf den Mund, wirft seinen Körper mit aller Kraft gegen Jesús, der das Messer loslässt, nach Muhammeds Handgelenken greift. Das Messer fällt zwischen ihren Füßen auf den Boden. Jesús prallt mit dem Rücken gegen die Wand. Muhammed presst ihn dagegen, die Hände verschließen Mund und Nase. Muhammed keucht; Jesús bekommt keine Luft mehr, versucht Muhammeds Hände wegzuzerren, ihn wegzuschieben, ihm die Finger ins Gesicht zu krallen, versucht ungläubig den Kopf herauszuwinden, fleht panisch mit den Augen, doch Muhammed nimmt nichts von alldem wahr.

Jesús' Kräfte schwinden; er schlägt jetzt mit den flachen Händen gegen die Wand, immer wieder, bis Muhammed das Zeichen doch noch zu erkennen scheint, endlich seinen Griff lockert und von Jesús ablässt. Jesús hustet, krümmt

sich. Muhammed ringt nach Atem, als hätte er sich selbst die Luft abgeschnürt. Jesús will den Mund nicht halten,
– Vielleicht nimmst du doch lieber 'ne Plastiktüte, Muhammed.
Muhammeds Fingerknöchel treffen Jesús seitlich zwischen Nase und Oberlippe, die aufplatzt. Jesús bemüht sich aufrecht zu stehen; er zittert und grinst. Muhammed starrt ihn an, starrt auf das Blut, neigt den Kopf leicht zur Seite, kräuselt die Stirn, die geballte Faust im Anschlag.
– Bring's zu Ende, großer Häuptling. Mach schon. Worauf wartest du noch? Mach endlich Schluss.
Muhammeds Arm sinkt; sein Blick sucht das Messer. Muhammed geht in die Knie, ist so schnell wieder oben, dass Jesús gar nicht mitbekommt, wie Muhammed das Messer in seine Hände bringt.
– Na los. Stich zu. Wozu brauchst du Hilfe, Jesús? Stich zu.
Von Jesús Oberlippe tropft das Blut auf seine Hände, die das Messer halten. Muhammed verschwimmt vor seinen Augen.
– Wer ist hier der Feigling, Jesús? Wer?
Muhammed spuckt Jesús ins Gesicht. Jesús rührt sich nicht, wagt nicht mehr, Muhammed anzusehen.

Muhammed hört die Wohnungstür ins Schloss fallen. Die Glut seiner Zigarette brennt hinunter; Asche fällt auf seine Brust. Das Licht blendet ihn. Er wischt sich die Tränen aus den Augen, löscht das Licht. Er lauscht, hört das Meer hinter den Wolken rauschen. Er geht zur Tür. Jesús' Schlüssel steckt im Schloss. Muhammed legt sich ins Bett, aber die Augen wollen nicht zufallen. Er lauscht; alles was er jetzt noch hört, ist sein eigenes ersticktes Schluchzen. Das Bett riecht nach Jesús. Muhammed zählt mit dem Radiowecker die Minuten. Er geht ins Bad. Steht mit freiem Oberkörper im Halblicht der Morgendämmerung am Waschbecken und wäscht sich das Gesicht. Sieht sich im Spiegel in die Augen, hält seinem Blick stand. Rot mischt sich unters Blaugrau des anbrechenden Tags. Muhammed sitzt am geöffneten Fenster, dreht sich eine Zigarette. Lässt sein Sturmfeuerzeug aufschnappen, zündet sie sich an und raucht. Aus der Ferne glaubt er Orhans Gesang zu hören. Muhammed schnipst den Impel weg. Nimmt den Drachen und lässt ihn zum Fenster hinausfliegen. Der Drachen tanzt im Wind, steigt immer höher. Nach einer Weile gibt Muhammed ihn frei, sieht ihm hinterher, bis der Himmel ihn verschluckt hat. Dann macht er sich selbst auf den Weg. Am Ende des Schotterpfads lässt er den Motorroller stehen, erklimmt mit seinem Rucksack über den Schultern den Wall und läuft am Gleis entlang zur Küste. Folgt den Schienen über den Damm, rechts und links das Meer. Sieht vor sich das Festland, ganz nah.

Lesen Sie weiter

Maria Barbal
»Wie ein Stein im Geröll«
Roman
Übersetzt von
Heike Nottebaum
128 Seiten

»Dieses Buch ist von einer Ruhe, Kraft und Schönheit, die überwältigend ist. Ich habe so was lange nicht gelesen. Und es lehrt uns, wie kurz unser Leben ist und was eigentlich wirklich wichtig ist – letztlich nur lieben, geliebt werden, aufrecht bleiben und sich ein Gefühl für Schönheit bewahren.«

Elke Heidenreich, Lesen, ZDF

Lesen Sie weiter

Karsten Dümmel
»Nachtstaub und Klopfzeichen
oder Die Akte Robert«
Roman
176 Seiten

»Den gespenstischen Rahmen dieser abgründigen Liebesgeschichte liefert ein Land in Agonie, die Allgegenwart subtiler Repressionen.«

Udo Scheer, Freie Presse Chemnitz

Lesen Sie weiter

Inka Bach
»Glücksmarie«
Roman
160 Seiten

»Es ist dieses Tempo im Erzählen, das Inka Bachs Roman mit einer Authentizität auflädt, bei der die alltägliche Gewalt ins Bewußtsein des Lesers dringt.«

Edith Bauer, Der Tagesspiegel